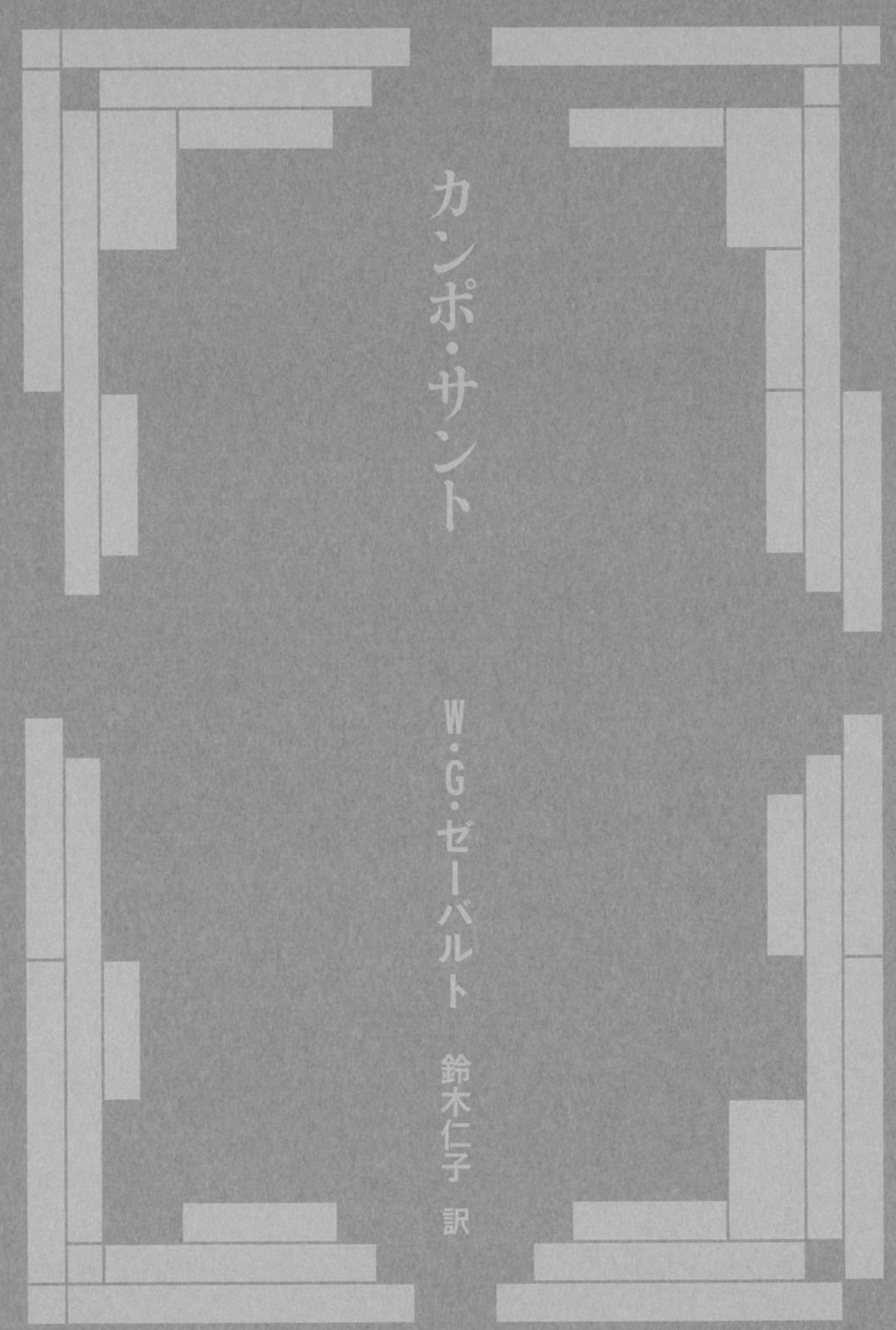

カンポ・サント

W・G・ゼーバルト

鈴木仁子 訳

白水社

カンポ・サント

CAMPO SANTO

カンポ・サント

目　次

散　文　7

アジャクシオ短訪
9

聖苑（カンポ・サント）
19

海上のアルプス
34

かつての学舎の庭（ラ・クール・ドゥ・ランシエンヌ・エコール）
44

エッセイ　47

異質・統合・危機
ペーター・ハントケの戯曲『カスパー』
49

歴史と博物誌のあいだ
壊滅の文学的描写について
61

哀悼の構築
ギュンター・グラスとヴォルフガング・ヒルデスハイマー
89

小兎の子、ちい兎
詩人エルンスト・ヘルベックのトーテム動物
115

スイス経由、女郎屋へ
カフカの旅日記によせて
124

夢のテクスチュア
ナボコフについての短い覚書
129

映画館のカフカ
137

Scomber scombrus または大西洋鯖
ヤン・ペーター・トリップの絵画によせて
152

赤茶色の毛皮のなぞ
ブルース・チャトウィンへの接近
157

楽興の時（モメンツ・ムジコー）
164

回復のこころみ
179

ドイツ・アカデミー入会の辞
187

編者あとがき
189

解説、あるいは架空の対話
池澤夏樹
193

訳者あとがき
201

出典 x　原注 i

装　幀
緒方修一

散文

アジャクシオ短訪

　昨年の九月、コルシカ島での二週間にわたる休暇滞在のおりに、青い路線バスに乗って西海岸を下り、アジャクシオまででかけたことがあった。皇帝ナポレオン生誕の地というほかはなにひとつ知らない町を、すこし見て回るつもりだった。よく晴れた輝くような一日で、海からの微風にフォッシュ元帥広場の棕櫚の枝がそよそよと揺れ、港にはあたかも大氷山のように純白の巡航船が浮いていて、私は自分が身軽な、解き放たれた身であるような心地になり、小路を歩き回ってはあちらこちらの薄暗い、横穴めいた家屋の入り口に足を踏み入れて、金属の郵便受けにある見知らぬ住人の姓名をある種敬虔な気持ちで読みながら、この石の城塞のどこかひとつに住んで、命の尽きるまで去った時と去りゆく時の研究だけにいそしんではどうだろう、と想像をこころみた。だが本当にひっそりとひとりで存在できる者はいないし、また私たちは誰もが多少なれ意味のあることを企てざるを得ぬものだから、なにものにも束縛されない最後の数年をという脳裡に浮かんだ願望の図は、その日の午後をなにかで満たしたい欲求にほどなく押しのけられ、そんなわけで私は、どうやってたどり着いたかはさだかでないが、気がつけばメモ帳と鉛筆と入場券を手にフェッシュ美術館の玄関ホールに立っていた。

後日当たってみた古いブルー・ガイド（ギッド・ブルー）によると、ジョゼフ・フェッシュ（一七六三〜一八三九）は、ナポレオンの生母であるレティツィア・ボナパルトの母親が、ジェノヴァ駐在中のスイス人将校と二度目の遅い再婚をしてもうけた息子だった。つまりナポレオンには義理の叔父ということになる。フェッシュの聖職者としての経歴のはじまりは、アジャクシオの平凡な教会職だった。しかし甥によってリヨンの大司教と教皇座の特命全権公使に任ぜられたのちは、当代屈指の貪欲な美術品収集家となった。当代、すなわちフランス革命期に教会や修道院や城館から奪われ、亡命貴族（エミグレ）から巻き上げられ、オランダやイタリアの町々から掠奪された絵画や工芸品が、文字どおり市場に氾濫していた時代である。

フェッシュが企てていたのは、こともあろうに個人のコレクションによってヨーロッパ美術史の全容を記録することだった。いったいどれほどの絵画を所有していたのか正確にはわかっていないが、三万点に近かったのではないかと言われている。フェッシュが一八三八年に死んで、遺言の執行者となったジョセフ・ボナパルトがあれこれの奸計を弄した後、フェッシュがこのために建てたアジャクシオの美術館に収蔵されたもののなかには、コズメ・トゥーラの聖母像やボッティチェッリの《花飾りの下の聖母子と天使》、ピエル・フランチェスコ・チッタディーニの《トルコ絨毯のある静物》、スパディーノの《鸚鵡と果実》、ティツィアーノ《手袋をした若い男の肖像》といった素晴らしい絵画がある。

その日の午後、私にとってもっとも美しいと思われたのは、十七世紀にルッカに生きた画家、ピエトロ・パオリーニの一枚の絵画だった。画面左端にむかって徐々に濃褐色に移っていくだけであとは漆黒の闇を背景にして、齢三十ほどの女性が描かれている。大きな沈鬱な眼をし、周囲の暗がりとほとんど区別のつかない、つまり眼に見えないが服地の皺や襞（ひだ）のひとつひとつにそれと知れる夜闇の色のドレスを着ている。首には真珠のネックレス。右腕で小さな娘を護るように抱いており、その娘は母親の前で、画面の端の方向に体をむけて立っているが、涙がようやく乾いたばかりらしい真顔の顔だけを、無言の挑発をするかのように鑑賞者のほうにむけている。赤い煉瓦色のドレスを着ているが、その同じ赤い色を、三インチにも満たない大きさの兵隊の人形がまとっており、出征した父親を偲んでいるのか、あるいは私たちの意地悪いまなざしから身を護ろうとしているのか、少女はこちらにむかってその人形を突き出している。私はこのふたりの肖像画の前にながながと佇み、そして人生の測り知れぬ不幸のすべてが、この中に蔵われているとともに解消している（アウフゲホーベン）ように感じたのだった。

美術館を出る前に、ナポレオンゆかりの記念品や捧げ物などが蒐集展示されている半地下の階に降りた。ナポレオンの頭像やイニシャルつきのペーパーナイフ、印章、懐中ナイフ、煙草やかぎ煙草の缶、一族全員と多数の後裔の細密画、影絵、ビスクの円形浮き彫り（メダイヨン）、エジプトの景色を描いた駝鳥卵、彩色ファヤンス焼きの皿、陶製カップ、石膏胸像、アラバスター彫像、駱駝に乗ったナポレオンの青銅像、そして人の背丈ほどある釣り鐘型のガラスケースに入れられ、赤い縁取りと十二個の真鍮のボタンに飾られた、虫食われた燕尾服様の制服——〈ナポレオン一世着用、近衛猟騎兵大佐の制服〉（ラビ・ダン・コロネル・デ・シヨスール・ドゥ・ラ・ガルド・ク・ポルタ・ナポレオン・プルミエ）とある。

ほかにも凍石や象牙に彫刻したおびただしい数の皇帝像があった。おなじみのポーズをしたその像は、約十センチから始まって徐々に小さくなり、最後にはかすかな白い粒としか見えなくなるのだが、人類史の消点がここにあるというところだろうか。ミニチュア像のひとつは〈セントヘレナ島の巌上にある〉（シュル・ル・ロシエ・ドゥ・リル・ドゥ・サン・テレーヌ）退位後のナポレオンである。実際に流刑島のものだという凝灰岩の小さなかけらの上に小さな肘掛け椅子が据えられ、そこに外套と三角帽子といういでたちのエンドウ豆大のナポレオンが腰を掛けて、眉をしかめて彼方を眺めている。荒涼とした絶海の孤島にあって、ナポレオンは心安らかではなかったろうし、過ぎ去った人生の昂奮に未練を感じていたことだろう。しかも孤身を取り巻く数少ない忠臣にすら全幅の信頼を寄せられなかったならなおのことだ。

　というのが、少なくとも私がフェッシュ美術館を訪れたその日に地元紙《コルス・マタン》に掲載されていた記事から推し量られることである。ルネ・モーリなる大学教授の唱えるところでは、ＦＢＩの研究所で皇帝の頭髪数本を検査したところ、「ナポレオンは一八一七年から二一年にかけて、セントヘレナ島において砒素により緩慢に毒殺された。犯人は流刑地に同行したひとりモントロン伯爵であり、これを教唆したのは、ナポレオンの愛人でさらにその子まで宿したモントロン伯爵の妻アルビーヌ」に間違いないことが判明した、というのである。こうした話をどう解してよいものか、私にはよくわからない。ナポレオン神話は、決定的事実にもとづくとされる仰天するような物語をのべつ生んできたからである。たとえばカフカは、一九一一年十一月十一日にウィーンのルドルフ記念講堂で催された〈ナポレオン伝説〉（ラ・レジャンド・ド・ナポレオン）というテーマの〈大会〉に参加し、そこでリシュパンなる、五十がらみの腰のしまった頑丈な男で、ごわごわしたウェーブを頭蓋にぴったり押しつけた、ドーデ風の髪型の男が講演をしたと書いている。そのさいリシュパンは、むかしは年に一度ナポレオンの墓が開かれ、廃兵たちが列をなして、防腐処理した皇帝を順番にひとめ眺められるようになっていた、だが皇帝の顔はすでにかなり浮腫(むく)んで緑がかっていたため、毎年墓を開ける慣行はのちに中止された、と語った。カフカによれば、リシュパン自身が大叔父の腕に抱かれて皇帝の遺骸を見たことがあった。アフリカで軍務についていたこの大叔父のために、とくに司令官が墓を開けてくれたという。ちなみに——とカフカの日記は続く——この〈大会〉は講演者の次のような誓いをもって幕を閉じた。たとえ千年後であれ、わたしの死体の塵の一つ一つにもし意識あらば、ナポレオンの呼びかけにすぐさま応えるでありましょう、と。

　フェッシュ枢機卿の美術館を後にしてから、しばらくレティツィア広場の石のベンチに腰を下ろしていた。広場といっても高層の建物のあいだにある小さな樹園といった風情のところで、ユーカリ、夾竹桃、扇葉椰子、月桂樹、銀梅花などが街中のオアシスになっている。庭は鉄柵で道と分かたれ、その道の反対側に、ボナパルト家(カサ・ボナパルテ)（ナポレオンの生家）の白塗りのファサードがそびえていた。共和国の旗が門に掲げられ、その下をほとんど途切れずに訪問者が出入りしている。オランダ人、ドイツ人、ベルギー人、フランス人、オーストリア人、イタリア人、そして一度などはたいそう品のいい年配の日本人の一団。訪問者があらかた去り、すでに午後の陽も傾いた時分になって、私は建物に足を踏み入れた。薄暗い玄関ホールに人影はなかった。入場券売り場にも、見たところ誰もいない。それが、カウンターのすぐそばまで行って飾られていた絵はがきに手を伸ばしたときはじめて、その背後に、事務椅子の黒革の背を後ろに倒して若い女が坐っている——というよりも寝そべっていることに気がついた。

カウンターの縁から文字どおりのぞき込むかたちになったのだが、おそらく立ちづめの疲労をいやそうと少し横になってまどろんでいただけなのだろう、ナポレオン生家の切符売り場の女を見下ろしたこのときは、何年ののちにもたびたび記憶によみがえる、奇妙に引き延ばされた一瞬となった。起き上がってきた女性はと見ると、堂々たる体軀の持ち主だった。この人がオペラの舞台に立ち、波瀾の人生に倦みはてて、〈わたしを死なせて〉(ラシャーテ・ミ・モリーレ)といった締(し)めのアリアを詠唱する姿が脳裡に浮かぶようだった。だが歌姫を彷彿とさせる体軀よりもはるかに面妖だったのは、あらためて眺めていっそう驚いたことに、フランス皇帝の生家の門番を務めているこの人が、フランス皇帝その人にそっくりなことだった。

同じ丸顔をし、同じ大きな飛び出した眼をし、同じ黄灰色の髪のそぎの入った房を額に垂していた。入場券を渡しても私が眼を釘づけにしていることに気づくと、その人は鷹揚な笑顔をつくって、まさに誘いかけるような声で、見学の順路は三階からです、と告げた。私は黒大理石の階段を上がり、登り切ったところでいまひとりの婦人に迎えられて、また呆然とした。またしてもナポレオンの家系に繋がっているかのような、あるいはなぜかマッセナとかマックとかの、伝説的なナポレオン配下のフランス軍元帥を彷彿とさせる婦人だったのである。元帥を連想したのは、私がつねづね彼らを小人族の英雄のように想像していたせいだったかもしれない。

というのも階段の上で私を待ち受けていた人は、はっとするほどの短軀で、しかもその短軀を強調するかのような短い首をし、両腕にいたっては腰まで届かないほどひどく短かったのだ。おまけに青いスカートに白いブラウス、赤いベルトを胴の真ん中に巻き付けるというフランス三色旗のいでたちで、ベルトに光る巨大な真鍮のバックルには、なにか押しも押されぬ軍隊の雰囲気があった。私が最上段に登りつめると、女元帥は半身を返してすっと脇に歩み寄り、ボンジュール、ムシュー、と声をかけつつ、これまたやや皮肉めかした、わたしはおまえが想像するよりずっといろんなことを知っているのだぞ、といわんばかりの微笑を浮かべた。過去からの秘密めいた使節ふたりとの、何とも判じがたい邂逅にいささか気を抜かれて、私はしばらくあてどなく展示室を歩き回り、二階に降りたり、三階に取って返したりした。家具調度や展示品がまとまりをもって見えてきたのは、しばらくしてからだった。

全体としては、フロベールがコルシカの旅日記に書いていたそのままであった。共和国様式にしつらえられた、どちらかといえば質素な部屋部屋、いまでは斑点が浮いて曇ってしまったヴェネツィアガラスのシャンデリアや鏡、そしてやわらかな薄闇——フロベールが訪れた当時と同じく、観音びらきの高い窓はいまもいっぱいに開け放たれていたが、暗緑色の鎧戸は閉じられていたのだ。陽光が段々の白い縞になって、寄木張りのオークの床に落ちている。フロベールの訪問このかた、いっときすら過ぎていないかのようだった。フロベールが言及していた品々のうち、明暗(キアロスクーロ)を際立たせて輝いていたという、黄金蜂の刺繍のある皇帝の外套だけがいまはなかった。ガラス棚には、優美な曲線の手書き文字による一家の記録文書、父カルロ・ブオナパルテの猟銃二挺、ピストル数挺、フェンシングの試合刀(フルーレ)が、ひっそりとあった。

壁にはカメオや細密画、フリートラント、マレンゴ、アウステルリッツの戦いの彩色鋼版画、金箔張りの重たい額縁におさめられたボナパルト家の系図。私は最後にこの系図の前に足を止めた。蒼天を背景に、褐色の大地から一本の巨大なオークの樹がそびえ立ち、その大小の枝から白い小さな切り紙細工の雲がぶら下っていて、それぞれに皇帝一家とその後裔の名前と生没年が書き込まれている。全員がここに集められていた。ナポリ王、オランダ王、ヴェストファーレン王（いずれもナポレオンの兄弟がついた王位）、マリア＝アンナ・エリザ、マリア・アヌンツィアタ、そして七人の彼の兄弟姉妹のうちもっとも快活でもっとも美しかったマリー・ポーリーヌ、哀れなライヒスシュタット公（ナポレオンの息子フランソワ）、鳥類と魚類の学者だったシャルル・リュシアン・ボナパルト（ナポレオンの甥）、弟ジェロームの息子で通称プロン＝プロン、娘のマチルド＝レティツィア、口髭の先っぽをひねり上げたナポレオン三世、アメリカはボルティモアの後裔たちなど。

　この芸術的な家系図に私が傍目にも明らかに感服していたせいだろうか、知らないうちに傍らに立っていたネイ女元師が、うやうやしい調子で、この類のない作品（クレアシオン・ユニック）は、十九世紀末にナポレオンを熱烈に崇拝していたコルテのさる公証人の娘さんが作ったものでしてね、とささやきかけてきた。下の端にある、蝶々の舞っている葉っぱや花は、マキ（低灌木が密生する地帯）から採ってきた本物の植物を乾燥させたものなんですよ、センペルヴィヴム、銀梅花、ローズマリー、それに青い背景に浮き上がっているこの浮き彫りみたいな黒っぽい木の幹は、その娘さんが自分の髪を編んで作ったものなんです、皇帝への愛からなのか、お父さんへの愛からなのか、いずれにせよとてつもない時間をこの仕事に費やしたことでしょうね。

　私は説明に熱心にうなずき、それからひとしきり佇んだあと、身を返して部屋を出、ボナパルト一家がアジャクシオに移って以来住んでいた二階に降りた。ナポレオンの父カルロ・ブオナパルテは、パスカル・パオリ（一七二五〜一八〇七、コルシカ独立戦争の指導者）の秘書を務めた人物で、愛国軍が力の差のあるフランス軍と戦ってコルテで敗北したあと、用心のため港町のアジャクシオに移り住んだのだった。おりしもナポレオンを身ごもっていた妻のレティツィアとともに、内陸の荒涼とした山岳や峡谷を抜けて移動したのである。想像するに、人を圧する壮大な景色（パノラマ）のなかをラバに乗って往く、あるいは夜闇のなかで焚き火を囲むふたつの小さな人影は、あの幾多のかたちで伝えられてきた、エジプトに逃げるマリアとヨゼフの姿を彷彿とさせたのではないか。いずれにせよ出生前の体験がその後の人生に影響をあたえるという説になにほどかの信憑性があるとすれば、この劇的な旅は、のちの皇帝の性格の多くを説明してくれている。わけても皇帝がなにをするにもやたらせっかちだったこと。自分の誕生にしてからが、外に出ようと急（せ）くあまり、母のレティツィアが分娩台までたどり着けずに、やむなく通称黄色の部屋のソファに産み落としたほどであった。

おのれの経歴のはじまりを画する、記念すべきこのいきさつを記憶にとどめるためだろうか、のちにナポレオンは敬愛するママに贈り物をしている。それがいまもナポレオンの生家で見ることができる、キリスト生誕の場面を模したかなり趣味の疑われる象牙彫刻だ。もっとも、コルシカの人々が新政権にしだいに慣れていった一七七〇年代から八〇年代には、レティツィアもカルロも、日々食卓を囲む子どもたちがいつか王や王妃の位に登りつめることになろうとは、おまけによりにもよっていちばん喧嘩っ早く、界隈でもめごとばかり起こしているリブリオン（〈反逆〉を意味するナポレオンの愛称）がのちにほぼヨーロッパ全土にわたる巨大な版図の帝冠を戴くことになろうとは、夢想だにしていなかった。

だが、歴史のなりゆきのなにがあらかじめわかるというのだろう。それは論理では解明できない法則によって展開し、決定的瞬間にしばし測りようもない些細なこと――それと感じられぬほどの空気流や、地面に舞い落ちる一枚の葉や、集まった人々の群れを一方のまなじりからもう一方のまなじりへと横切っていくひとつのまなざしに動かされ、方向を変じるのだ。事実はどのようであったのか、あれやこれやの世界史上の事件がどのようにして起こるに至ったのかは、後日の回顧によってすらわからない。過去についての厳密このうえない研究も、愚にもつかない珍説も、想像の及ばない真実に迫ることはできないという点においては五十歩百歩である。そんな珍説のひとつをアルフォンス・ホイヘンスという、ベルギーの首都に住み、何十年来のしろうとナポレオン研究家という人から聞かされたことがある。いわく、フランス皇帝によって巻き起こされたヨーロッパ諸国の大変動は、もとをたどれば赤と緑の区別がつかないナポレオンの色盲が原因であった、と。ベルギーのナポレオン研究家は私にこう語ったものである――戦場に血が流れれば流れるほど、ナポレオンの眼には、草が生き生きと芽吹くように見えたのだ。

　夕暮れどき、ナポレオン大通りを散策して、船着き場（ガール・マリティム）からほど近い、あの白い巡航船を展望できるレストランで二時間ばかり過ごした。コーヒーを飲みながら地方紙の広告欄に眼を通し、映画に行こうかどうか考えた。私は異国の街で映画を観るのを好む。しかし〈エンパイア〉映画館の《ジャッジ・ドレッド》にせよ、〈ボナパルト〉の《クリムゾン・タイド――原子力潜水艦アラバマ》にせよ〈レティツィア〉の《あなたが寝てる間に》にせよ、いずれもその日の掉尾を飾るにはふさわしくなさそうだった。それで十時ごろ、昼前に取っておいたホテルに戻った。窓をいっぱいに開けて、打ちつづく街の屋根を見下ろした。往来はまだ車の音がしていたが、しばらくして水を打ったように静かになり、だがそれもつかのま、通りを二つ三つ隔てただけだろうが、コルシカでは珍しくない爆弾が、短い、乾いた音を立てて爆発した。私は横になり、サイレンと救急車の音を耳にしながら、ほどなく眠りについた。

聖苑（カンポ・サント）

ピアナに着いたあくる日私が最初にたどった路は、市街を出てすぐに険しい下り坂になり、身の毛のよだつようなヘアピンカーブやうねうねと蛇行する道路を降りていって、緑の低灌木が生い茂るほとんど垂直に切り立った断崖をくだり、数百メートルも下の、フィカジョラ湾にむかって開けている峡谷の底へと至るものであった。この谷底には、戦後しばらくの時期まで十二人ほどが住んでいた漁村があって、いまは一部板を打ち付けて塞いであるが、漁師たちが粗末な壁をめぐらせたトタン板葺きの家に暮らしていた。マルセイユやミュンヘンやミラノから来た何人かの海水浴客が、カップルだったり家族だったりしたが、めいめい食料や思い思いの実用的な装備を持参していて、たがいにできるだけ等間隔になるように場所を取っていた。彼らにまじってその日の午後の半分を過ごしたが、私はじっとしたまま、小さな川のほとりに長いこと寝そべっていた。水銀のような小川の水は晩夏のそのときも涸れることなく、太古の昔から耳になじんでいたかのようないかにものせせらぎの音をかなでて谷底の大理石の終段を流れくだると、岸辺で音もなくその精気を捨てて、砂浜に染み込んでいく。私は小洞燕（しょうどうつばめ）のほうに眼を馳せた。驚くほどおびただしい数の燕が、炎の色をした岩礁の空高く円を描いて舞っていて、光の側から影へ滑り入り、影から光へと飛び出していく。解き放たれた感情に胸をひたされ、どの方向にも涯がないかのように思われたその午後、そうして私もまた海に泳ぎ出たのだった。とてつもなくかろやかな心持ちではるか沖まで泳ぎ、あまりにもはるかなところまできて、このままずっと漂い流れていってもいい、日が暮れても、夜になっても、と思った。だがそれから、人を生の側に繋ぎとめるあの不思議な本能にみちびかれて結局向きを変え、遠すぎてどこか見知らぬ大陸のように見える陸をふたたび目指したのだが、ところがこんどは、ひと掻きごとに泳ぐのがどんどん辛くなっていく。それが先刻まで体を運んでくれた潮に逆らって泳いでいる感じというのとは違って、海面についてこんなことが言えるとしての話ではあるが、だんだん登り坂になっていくようなのだった。眼の前の景色はちょうどたが外れたぐあいに、上端がぐらりと揺らいでこちらに二、三度傾きかかり、下端がそのぶん私から遠ざかっていた。私の前に威嚇するようにそびえる光景は、現実の一部というより、どうにも克服できない内面の弱さの、表裏をひっくり返して青黒い斑点の浮き出した写し絵であるような気がしてならなかった。もっと骨が折れたのは、ようやく岸辺に着き、こんどはつづら折りの道と、あちこちの曲がり角で道と道をじかに結んでいるほとんど人の通らない近道を登ったときだった。ゆっくりゆっくり、一歩ずつ同じ調子で足を踏み出して登っているのに、岩肌にたくわえられた昼下がりの熱気にいくらもしないうちに額から汗がしたたり、行く手にうようよいる恐怖で凍りついたトカゲたちと同じく、頸（くび）のところで血がどくどくと打つようになった。たっぷり一時間半かかってピアナの高台にふたたび立ったが、するとこんどは空中浮揚の術を身につけた者さながら、いわば重さが消えたように足がかるくなって、町はずれの家々や庭のあいだを縫い、壁に沿って歩いていった。壁の背後には、この地の住民が死者を葬っている一角があった。蝶番がきしんだ音を立てる鉄の門をくぐってみてわかったのだが、そこはフランスには珍しくないかなり殺伐とした場所で、永遠（とわ）の生に至るための前庭というよりは、共同体の管理になる、人間社会の世俗の廃物を始末する敷地といった印象を抱かせるところだった。乾いた斜面に、ところどころ途切れたり位置をずらしたりしながら、墓石が乱雑に並んでいた。多くはすでに地面に埋もれているか、あとから置かれた墓石の下になっている。おぼつかなさと、死者に近づきすぎることへのいまも人心に残るためらいをおぼえながら、私は砕けた台座や縁飾り、ずれた墓碑、崩れた壁、支柱から落下して錆びて曲がった十字架、鉛の骨壺、天使の手といったものの上をまたいでいった。放擲されてひさしい街の、黙（もだ）したかけらたちだった。藪ひとつ、影を投げる樹一本なかった。慰めのためなのか、哀悼のためなのか、南欧の墓地にはおなじみの黒檜や糸杉も植えられていない。このピアナの墓場には、自分の死後も永らえるであろう——とはいつのときも人の望みである——自然を思わせるものは造花ばかりかと、一瞥したときにはほんとうに思ったのである。フランスの葬儀業者が客に押し売りしたにちがいない紫色や藤色や薔薇色のシルクや合織シフォンの花、彩色した陶器の花や針金や金属板で作ったそれらの花々は、変わらぬ愛のしるしというよりは、その請け合うところとは正反対に、とどのつまり私たちが死者に捧げているのが、生の多彩な美のなかのいちばん安手の代用品であることを曝露する証拠のようであった。それからもう少し仔細にあたりを眺めて、やっと雑草が生えていることに気がついた。烏野豌豆（からすのえんどう）、麝香草（じゃこうそう）、白詰草、鋸草（のこぎりそう）、カモミール、蟹釣り草、飯子菜（ままこな）、そして私が名前を知らないほかの草々も石のまわりにみっしりと生えて、いっぱしの植生見本にも小型の草原にもなっている。まだ青いとはいえすでになかば枯れ乾いたこの草々は、ドイツの墓地で園丁が売りつける、みごとに均された黒土の上にエリカと矮性コニファーとパンジーが同じ形で一糸乱れぬ幾何学模様を描いているいわゆる〈墓飾り〉とは較ぶるべくもなく美しい、と私は思った。そうした墓飾りは、私にとっていまははるかに遠い、アルプス山麓の幼少期と青年期の不快な思い出としてなお記憶に残っている。ところでピアナの奥津城においては、そこかしこの痩せた花茎や茎や穂のはざまで、楕円のほそい金縁（きんぶち）に嵌め込まれたセピア色の肖像写真から、俗世を去った人々が顔をのぞかせていた。地中海の沿岸地方では、六〇年代にいたるまでこのような肖像写真を墓碑に嵌めるならいがあったのだ。立ち襟の制服に身を包んだ金髪の軽騎兵、十九歳の誕生日に亡くなり、陽と雨に晒されて顔が消えかかっている少女、大きな結び目のネクタイをした短頸の男、アルジェリアはオランの植民庁に一九五八年まで勤務していた役人、ラオスの地ディエンビエンフーの密林の砦の無益な防衛戦で重傷を負って帰還した、舟形帽を斜めにのせた小柄な兵士。時代がくだった墓になると、磨いた大理石の献辞板が付いていて、そこに素っ気なく〈哀惜（ルグレ）〉ないし〈尽きせぬ思慕（ルグレ・ゼテルネル）〉なる辞が、子どもが手本から写したかのごとき几帳面な字で刻まれていたが、場所によってはそれもすでに雑草に覆われている。〈尽きせぬ思慕〉——はやく身罷った者への思慕を表わす決まり文句のつねながら、この表現もまた曖昧さをなしとしない。なぜなら、遺された者の嘆きがとこしえに続くことが最小限の言葉にとどめられて伝えられる一方で、よくよく考えるなら、これはほとんど死者にむけられた罪の告白のようにも思われるのだ。時はやくして泉下に行かせた者たちに、おざなりな赦しを乞うているかのような印象をあたえる。そんなあやふやさを免れて明快だと感じられたのは、私にはただ死者の名のみであった。いくつかは意味においても響きにおいても非の打ち所なく、かつてこの名を持っていた人は、生きながらにしてすでに聖人であったか、さもなくば私たちのより良い憧憬がこしらえた彼方の世界から、つかのまこの世へと客演にやってきた使節であったかのようだった。とはいえ、グレゴリオ・グリマルディ、アンジェリーナ（天使）・ボナヴィータ（良き生）、ナターレ（誕生）・ニコリ、サント・サンティーニ（聖人）、セラフィーノ（熾天使）・フォンターナ（泉）、アルカンジェロ（大天使）・カサビアンカ（白き家）とあるその人々も、そのじつ人間の悪——おのれ自身の、そして他人の——をまぬかれていなかったことは確かだろう。ちなみに、墓碑のあいだを歩いてはじめてピアナの墓地の造りがだんだんわかってきたのだが、死者はふつう氏族ごとに埋葬され、したがってチェッカルディの眷族はチェッカルディの一角に、クイリキーニの眷族はクイリキーニの一角に葬られてきたのだった。だが十あまりの姓しかないところに築かれたこの古い秩序は、かなり前から現代の市民社会の秩序に、つまりは人間が個々ばらばらになり、墓も自分と近親の者だけに割り当てられるようになった現代の秩序にとって替わられている。その場所は、資産の大小、ないしは貧困の度合いにあたうるかぎり正確に比例する。コルシカの小村にはこれみよがしな墓によって誇示するような富が存在しないことは言うを俟たないが、とはいえピアナの墓地ですら、富者がおのれにふさわしい終の棲家とした、破風つきの家屋状の墓はいくつかあった。その下の階層を表しているのは石棺めいた箱で、埋葬された者の身上に応じて、御影石の石板やコンクリートの板が組み合わされてできている。もっと微力な死者の墓になると、地面にじかに石板が置かれる。そのような石板にすら資力がとどかない者は、四角い細枠のなかに撒かれた青緑か薄紅色の砂利でよしとしなければならない。そして極貧の者といえば、どうかすると井戸の金属パイプをぶかっこうに溶接してブロンズメッキを施した十字架とか、パイプに金の紐を巻きつけた十字架とかを、むきだしの土に突き刺したのみだ。つい近年まで多少ともあれおおかたが貧者だったピアナの村の墓地も、こうしていまは大都市の共同墓地（ネクロポリス）と同じく、現世の富のかたよりに表れた社会の階層秩序をつぶさに映している。巨石はたいがい富者の墓上に置かれる。なんとなれば、子孫に遺産を渡すのを渋ったり、失ったものを取り返そうとはかるのは、ほかでもない富者だから。念入りに富者の上に据えられる巨大な石塊は、みずからをたばかる狡知というやつで、表向きはむろん深い崇敬のしるしということになっている。下層の同胞の命が尽きたときには、こんな大がかりなことは要らないな、一揃えの服しか持たず、その服のまま葬られる人たちには――と、墓碑列のいちばん上までたどりついて、ピアナの墓地を、壁のむこうのオリーブ林の銀色の梢を、そしてはるか下に遠くきらめいているポルト湾を眺めやって私は思った。当時、死者の安らうその場で奇異に感じたのは、墓碑銘のどれひとつとして、六、七十年より前に遡れるものがないことだった。わけを知ったのは数か月後のこと、イギリスの私の同僚スティーヴン・ウィルソンの著した、血讐や山賊といったコルシカ独特の事情に関するいろいろな意味で私にとって範となる研究書によってである。著者が多年にわたる研究によって集めた広範な資料が、考えうるかぎり入念かつ明晰、抑制をもって読者に供された書だ。墓誌の死亡年月日が二十世紀初頭までしか遡れないのは、当初私が想像したような古い墓の廃棄という近年ありがちな理由からではなく、またピアナには昔ほかに墓地があったからという理由からでもなかった。端的に言って、コルシカでは十九世紀半ばに法令によってはじめて墓地が造られ、しかもそれが住民に普及するまでに長い年月を要したのである。たとえば一八九三年のある報告書には、アジャクシオの市立墓地を利用するのは貧者のほかルター派（ルテラニ）と呼ばれる新教徒しかいない、とある。どうやら遺された人々は、なにほどかの土地を領していた死者をその世襲地のそとへ運び出す気にはなれなかった、ないしは運び出す勇気がなかったものらしい。先祖伝来の地所に葬るという何百年来営まれてきたコルシカの埋葬は、死者と後裔とのあいだで代々暗黙裡に更新されてきた、譲渡禁止の土地契約のごときものだった。それゆえ、あるところではマロニエの樹下に、別のところでは木漏れ日がおどるオリーヴの林苑に、あるいは南瓜畑や烏麦畑のまんなかに、あるいは柔らかな細葉をしげらせる黄緑色のディルに覆われた斜面に、いたるところ、どんな村にも（ダ・パエーゼ・ア・パエーゼ）小さな墓堂や霊室や霊廟が見つかるのだ。こうして死者は一族の領地や村落やはるかな景色を一望できる多くは風景絶佳の場所にいわば常在しているのであって、追放されるどころか、おのが領地の境界のむこうまで眼を光らせているのである。どこで読んだかもはやさだかでないが、コルシカの老女のなかには日暮れどきに死者の棲家を訪れ、土地の利用法や処世の途について死者の声に耳をかたむけ、死者と協議するのをならいとしていた者があちこちにいた。生前に所有地を持たなかった者――羊飼い、日雇い人夫、イタリア出の出稼ぎ者、その他の窮民――については、死ぬとそのまま袋詰めにして口を縫い、竪穴に投げ落として、上から蓋をするだけの埋葬が長期にわたっておこなわれていた。死骸が乱雑に折り重なっていただろうそのような共同墓は櫃（アルカ）と呼ばれ、ところによっては窓も扉もない石造りの家であって、この場合、死体は外壁に取りつけた階段から屋根に登って、天窓から落とし込んでいた。オレッツァ近郊のカンポドニコでは、土地の無い死者は峡谷に無造作に投げ込まれていた、とスティーヴン・ウィルソンは書いている。一九五二年に八十五歳で没したムッツァレットゥという山賊の証言では、同人がグロッサで暮らしていたころにも同様の慣わしがあったという。とはいえ富の分布と社会階層によって定められたこの慣習は、いささかも貧しい死者を軽んじたり貶めたりするものではなかったらしい。資金のゆるすかぎり貧者にも畏敬のしるしは払われていた。基本的にコルシカの葬儀はすこぶる手の込んだ、すぐれて演劇的な性格のものであった。不幸に遭った家は扉も窓も閉め切られ、ときにはファサード全面が黒く塗られた。清拭して服を着せた遺体や、ままあることだが暴力による死を遂げた遺体は血まみれのまま、棺台に載せてその家の最上の間に安置された。最上の間とは生者が使うための居間ではなく、たいがい老人(アンティーキ)の間ないし先祖(アンテナーティ)の間と呼ばれる、一族の死者たちの居場所である。写真が導入されてからは——といっても、写真とはつまるところひどくうさんくさい手品によって、霊に形をあたえたものにほかならない——両親や祖父母や遠近の縁者の写真が壁に掛けられているが、もはやこの世の者ではない彼らは、むしろこの世の者でないからこそ、一族郎党の真の領袖であった。通夜は彼らの妥協のないまなざしのもとで営まれ、そこで主導的な役割を担うのは、ふだん沈黙させられている女たちだった。夜を徹して愁嘆の歌をうたい、喚きたて、とりわけ殺害による死者の場合にはその上(かみ)の復讐の女神(フリアエ)たちそこのけに髪を掻き毟(むし)り、顔を引っ掻いて、憤怒と悲嘆のあまり見た目にはまったく錯乱の様相を呈した。一方男たちは外に出て、夜闇の門口や戸口の階段に立ち、ライフルの床尾で地面を打ちつづけた。スティーヴン・ウィルソンによれば、十九世紀から二十世紀の両大戦間のころまでこのような通夜に立ち会った人々は、嘆き女が忘我の域に昇りつめ、目眩を起こして卒倒したりするのに、一方ではどうみてもほんとうに感情に揺さぶられているようには見えず、妙な感じがした旨を証言している。それどころか驚くほど感情がなく、表情も硬くて、最高音域で激情のあまり引きつけんばかりに声が裏返っているのに、歌い手の目には涙一滴浮かんでいなかったともいう。この一見醒めた自己抑制については、複数の論者が、嘆き女(ヴォチェラトリーチェ)たちの愁嘆歌は、因習にしたがった内容空疎な行事であるとしている。たしかに哀悼の合唱ひとつにせよその組み立てには相当の実際的な準備を要するし、歌唱そのものが理性の舵取り抜きでは成り立たないのだから、その点でもこの見解は裏付けられるだろう。ただ実のところは、こうした計算と錯乱すれすれの真の悲嘆は、けっして矛盾してはいないのだ。窒息と見紛うような深甚な心痛の表現と、そこに美的調整をくわえて、その悲痛が披露される観客を狡猾とは言わぬまでもちゃっかりと操ることとは、事実、古今東西の文明にわたって、人類という壊れ、狂った種族のおそらくもっとも典型的な特徴なのである。フレイザー、ホイジンガ、エリアーデ、レヴィ＝ストロース、ルドルフ・ビルツらによる人類学の文献には以下のような複数の記述がある。すなわち、いにしえの部族文化の成員は、通過儀礼や犠牲儀礼を執りおこなうさい、ときには死の瀬戸際に至ろうとも、身体損傷や切断をともなう強迫的過激さが根底ではまったくの芝居にほかならないことを、無意識の自覚というかたちではっきりと了知していた、と。いかなる激情に襲われている人も、心の奥底では、自分はいままさに自分のために書かれた芝居で鬼気迫る演技をしているのだと、どこかではっきりとわかっているのである。余談ながら、凄絶な狂乱と強靭な自制の双方を特徴とするコルシカの嘆き女の心裡は、病理学的に見ればこの二百年あまりというもの、市民社会のオペラハウスで夜ごと迫真のヒステリー発作をおこしてきた夢遊病者たちの心裡と大筋において違いはないだろう。とまれ、一本の蠟燭のみがまたたく真っ暗な死者の家で演じられる死の嘆きに続くのは、葬儀ののちの宴である。遺族と故人の名誉をあげてときには数日間にわたっておこなわれるこの宴の掛かりは莫大で、運悪く血で血を洗う抗争で短期に死者が続出したりすれば、一家破産を招くことすらあった。服喪の期間は五年およびそれ以上にのぼり、夫が死ぬと妻は残りの生涯を喪に服した。二十世紀に入っても黒いスカーフに首まで隠す黒いドレス、あるいはコーデュロイの黒いスーツといったいでたちがコルシカの国民的衣装だったといわれるのも不思議ではない。黒衣の姿は村や町の小路、田舎のいたるところにあって、さんさんと陽光のそそぐ日であれ、緑したたる島に落ちる影のようにそこから憂鬱の気配が発せられていて、《嬰児虐殺》や《ゲルマニクスの死》といったプッサンの絵画が思い出された、といにしえの旅人は記している。死者の追悼に終わりはなかった。例年万霊節が来ると、コルシカの家々では死者のための食事がととのえられ、またそうまでしない場合でも、飢えた冬の小鳥に餌をやるように、窓敷居に焼き菓子などを置いたりした。死者が夜中に訪れて、食べ物をほんの少し食べていくと考えられていたのだ。茹でた栗の実を器に盛り、流浪の物乞いのために門口に置いておく習慣もあった。定住の人々の眼には、さすらいの物乞いは、安らぎを得ずにさ迷う死者の霊を象徴していたからである。また死者はたえず寒がっているとされ、夜が白むまで竈の火を絶やさないように気を配った。すべては遺された人々の気遣いであったが、これは同時に消えやらぬ恐怖をも表していた。というのも死者はめっぽう敏感で、嫉(ねた)み深く、執念深く、怒りっぽく、陰険であったから。つけいる隙をわずかでも見せれば、死者はかならず不興をあらわにした。とこしえに彼岸の安全な距離にいるのではなく、かわらず存在する親族のひとりであって、ありようだけが特別だったのである。彼らは死者の共同体（コムニタ・ディ・デファンティ）をなし、結束していまだ死んでいない者に対抗した。生前より一フィートほど縮んでいて、徒党を組み集団をなして歩き回り、ときには幟（のぼり）を立て堂々たる隊列を組んで街道を歩いた。奇妙な高い微かな声でささやき合っているのが聞こえるが、なにを話しているかはわからない、わかるのはただ、彼らが次に連れ去ろうとする者の名前だけだった。死者が姿を現した話や、死者がその存在を知らせようと講じる手立ての話はごまんとあった。人々はつい先ごろまで、近く死人の出る家の屋根にぼんやり光が浮いていたとか、時ならぬときに犬が鳴いた、真夜中すぎに荷車が門口に止まるギイという音を聞いた、灌木密生林（マキ）の闇から太鼓が鳴り響いたとかいった話をしていたのである。死者は広大な、人の手のほとんど入っていない灌木密生林（マキ）に群れなして逗留し、生の分け前にあずかるべく、そこから姿を現した。亡者の徒輩（ともがら）として揃って風になびく幅広のケープをまとうか、ワグラムやウォータールーの戦場で斃れた狙撃兵の色鮮やかな軍服に身を包んでいた。この行列は古来よりクンパーニャ（徒輩）、ムンマ（知らせの行列）、スクワドラ・ダロッツァ（アロッツァ団）などと呼ばれ、自分のかつての住居に入り込もうとしたり、あるいは教会にすら押し入って、新しい仲間を募るべく瀆神の祈りをあげたりすると信じられていた。しかし、恐ろしかったのは年々数と勢いを増していく死者の軍勢だけではない。恨みを晴らそうとする、安らぎなき個々の亡霊が出没した。彼らは路傍で旅人を待ち伏せ、岩陰からぬっと飛び出し、あるいは逢魔が時――みんなが食卓に着いている真昼や、お告げの鐘が鳴った後の、日没と夜陰のはざまに灰色の翳が大地から色を奪っていく束の間のとき――に往来に姿を現した。がらんとした野っ原に、背をこごめた見知らぬ者がいるのを見かけた、このへんの村では姿かたちと歩き方で誰が誰とわからぬ者はいないのに、まさかあれは死神のフルチーナ、手に鎌を持った草刈り女だったのではあるまいな、と野良仕事に出ていた者が、身の毛が逆立つような知らせを一再ならず持ち帰った。五〇年代にたびたびコルシカを訪れ、長期にわたって滞在したドロシー・キャリントンは、次のような報告をしている。彼女がロンドンで知り合ったジャン・ツェザーリは、蒙を啓かれた、科学的思考にすっかりなじんだ人で、のちに故郷コルシカの不思議な話をいろいろとしてくれたのだが、亡霊の実在をかたく信じており、それどころか誓ってもいい、自分でもこの眼で見たし耳で聞いたのだと請け合った、と。亡霊はどんなふうに現れるのか、また亡くなった親族や友人に遇うこともあるのかと訊ねると、チェザーリは、亡霊は一見するとふつうの人のようだが、よくよく眺めると顔がぼやけてきたり、古い映画のなかの俳優の顔みたいに輪郭がちらちらしていたりする、と語った。輪郭がはっきりしているのは上半身だけで、のこりは漂う煙みたいだったりすることもある、とも。このような話は他の文化圏にも伝承されているが、ほかにもコルシカには、いわば死にお仕えをする特別な人間がいる、という想像が先の大戦から数十年後までひろく行きわたっていた。そうした人々はクルパ・モルティ（死の一撃）、アッチャトーリ（狩人）、マッゼリ（殺し屋）などと呼ばれ、男女を問わず、また信頼できるすじによれば出身も社会のあらゆる階層に及んでいて、見た目は共同体のほかの成員とまったく変わらないが、夜になると肉体を離れて、外へ狩りに出かける能力を持つとされていた。病にも似た衝動に突き動かされて、真闇のなかで川や泉のほとりにじっと身をすくめ、のどの渇きを癒しにやってくる狐や兎などのけものをくびり殺したという。殺戮としてあらわれるこの夢遊病に冒された人々は、恐怖に歪んだけものの形相に、自分の村の住民の誰か、ときには身近な親族の誰かの面影を見て取り、するとこの恐ろしい一瞬をかぎりとして、その者には死がさだめられたのだった。キリスト教とはあきらかに接点のない、現代人には理解を絶するはなはだ奇っ怪な迷信であるが、おおもとにあるのは、たえざる痛苦の経験をとおして眷族の受苦の共同体のなかから生じてきた認識、すなわち真昼の光のなかにも入り込むような影の世界があり、そしてそこでは倒錯した暴力の行為を介して、いつか自分たちを見舞う運命があらかじめさだめられている、という認識であったのだろう。しかしドロシー・キャリントンが〈夢裡の狩人〉と名づけた、今日では絶滅に近いアッチャトーリたちは、底深い宿命論に根ざした想像力の産物とだけは言い切れまい。フロイトは、無意識の思考にとっては、自然死を遂げた者すら殺された者なのだ、という証明不能ながら啓発的な説を立てている。アッチャトーリは、その説の正しさを証示する例ではないだろうか。私は幼いころ、蓋の開いた柩のかたわらにはじめて佇んだときのことをありありと憶えている。かんなくずを敷きつめた上に横たわった祖父の身に、なにか破廉恥な、生き延びた自分たちにはなすすべもない不正がおこなわれたのだ、という漠とした感じが胸にわだかまっていた。またこのごろ私にはわかる——いかなる理由であれ、人を喪った悲嘆（これが人類に背負わされたのはおそらく無意味ではないのだろう）の重い荷を負えば負うほどに、人は亡霊に遇うこともおおくなるのだ。ウィーンの外堀跡（グラーベン）で、ロンドンの地下鉄で、メキシコ大使主催のレセプションで、バンベルクのルートヴィヒ運河の縁にある堰番小屋のかたわらで、そこかしこで不意を突かれるように、周りにそぐわないおぼろな姿との出遇いがある。私がいつも気づくのは、彼らがやけに矮さく、近眼で、どことなし機を窺っているかのような独特な気配をただよわせ、生者に恨みを持つ種族の面持ちをしていることだ。最近のことだが、スーパーのレジで真っ黒な、まさに炭色の黒い肌の男が私の前に並んでいた。大きな、直後にからっぽであることが判明するトランクを曳いていて、支払いをすませるとそこにネスカフェやクッキーやの買い物を詰めていった。きっときのうかそこら、ザイールかウガンダから勉学のためにノリッジにやってきたのだろう、と思ってそれきり忘れていたのだが、その日の夜になって友人の三人の娘が私の家の扉を叩き、朝まだきに父が心臓発作をおこして亡くなりましたと告げたとき、その男が脳裡に甦ったのである。まだ私たちの傍らにいるのだ、死者は。だが彼らももうじき姿を消してしまうのかもしれない、とときおり思う。地上の生者の数がわずか三十年で倍になり、その次の世代にはさらに三倍になるまでに至ったいま、かつての強大な死者の勢は、もはや恐るるに足らなくなった。死者はとみに意義を減じている。永久の哀悼だの先祖崇拝だのはもはや論外である。それどころか、死者はあたうるかぎり速やかに跡かたなく始末してしまうにかぎるのだ。葬儀のさい斎場に赴いて、台車に載せられた柩が火葬炉に滑り込んでいくのを見つめながら、亡き人と別れを告げるのに、こんな身も蓋もなく見窄らしい慌ただしいしかたがあるものかと思わなかった人はいないだろう。死者を葬る空間もとみに狭くなるばかりで、ほんの数年しただけで契約が打ち切られることも一再ではない。そうすると遺骸はどこに移されるのだろうか。どのように処理されるのだろうか。むろん、土地不足は深刻である。私の住む田舎ですらそうなのだ、人口三千万にむかってとどまるところを知らない都市ではいかほどであるだろう。ブエノス・アイレスの、サン・パウロの、メキシコ・シティの、ラゴスやカイロの、東京の、上海やムンバイの死者たちはどこへ行くのか。涼しい墓所に赴く者はおそらくわずかしかいない。それに誰が彼らのことを想い出すのか。そもそも想い出す者がいるのか。想い出すこと、忘却しないこと、記憶にとどめることが生きる上で重要だったのは――と三十年前すでにピエール・ベルトーが『人類の変異』に述べている――人口密度が低く、製造したモノがわずかしかなく、そして空間だけがたっぷりとあった時代のことにすぎなかった。そのころ人は、どのひとりも、たとえ死者となっても欠くべからざる存在だった。ひきくらべて二十世紀末、いつでも誰とでも取り替えがきき、そもそも生まれたときから人が余剰の存在である都市社会においては、青春であれ幼年期であれ出自であれ先祖父祖であれ、記憶の重荷は一切合切、たえず捨てつづけるのが肝要となっている。最近インターネットに出現した〈メモリアル・グローヴ〉なるものは、親しんだ人の墓を電子的に建てて墓参するというものらしいが、こんなものが続くのもいっときだろう。いずれまたヴァーチャル墓地も大気に雲散霧消し、あらゆる過去は一様にかたちのない、ぼやけ、黙（もだ）した塊（マッス）となるだろう。記憶を喪った現在と、誰の理性にももはや捉えられぬ未来を前に、私たちはいずれ生を終えるのだろう、せめてあと少し留まりたいとも、たまには戻ってこられればとも思うことなく。

海上のアルプス

むかし、コルシカ島がすべて森に覆われていた時代があった。高く、なお高くと森は何千年のあいだにみずからのうちで競い合って、五十メートルを超す高さに育っていた。もしも初の入植者たちが現れず、みずからの始原の場所を恐れるという人類特有の不安から森をたえまなく奥へ追いやっていなかったなら、どうだろう、ひょっとするとますます巨大な種が育ち、樹木は天まで届いていたのではないだろうか。

知られるように、ゆたかな発展をみていた植物種が退化の道をたどりはじめたのは、いわゆる文明揺籃の地のまわりであった。かつてダルマティア、イベリア、北アフリカの沿岸地域まで覆い尽くしていた喬林は、西暦のはじまるあたりに大半がすでに伐倒されていた。わずかコルシカ島の奥地にのみ、現在の森林をはるかにしのぐ高い森林群落が保たれていた。十九世紀の旅人が畏怖の念を込めて記録に残したその森は、以後、ほぼまったきまでに姿を消している。中世のコルシカに広くみられ、山地の雲霧帯や日かげの斜面や峡谷のすみずみを覆っていた白樅（しろもみ）は、いまやマルマノ谷やプンティエロ森に申しわけていどの残滓をみるのみ。そのプンティエロの森をいつか私が歩いたときには、幼いころ祖父といっしょに歩いたインナーフェルンの森の光景が、おぼえず脳裡に浮かび上がったものだった。

　第二帝政の時代、エティエンヌ・ドゥ・ラ・トゥールなる人によって出版されたフランスの営林年代記に、樹齢一千年を超えて六十メートルに達した樅の樹の話が出てくる。ドゥ・ラ・トゥールは、この最後の樹林を見るならば、往古のヨーロッパの森林がいかほど雄大であったか想像できよう、と書いた。ドゥ・ラ・トゥールの憂えた「めちゃくちゃな開発による（パール・デ・ゼクスプロワツタシオン・マル・コンデュイット）」コルシカの森林の破壊は、当時にしてすでにかくれもなかったのである。いちばん遅くまで倒伐をまぬかれたのは、バヴェラ大森林のような人跡未踏の奥地だった。バヴェラ森林は十九世紀末あたりまで手つかずのまま、サルテーヌ・ソランザラ間に広がるコルシカ白雲石の岩畳をあますところなく覆っていた。

　一八七六年夏にコルシカを旅したイギリスの風景画家にして作家、エドワード・リアが記している。涯てしない樹海がソランザラ渓谷の鬱蒼とした暗がりから突き出し、嶮しい斜面を這い上がって、切り立った断崖絶壁まで迫っていた、と。巌の突端や岩棚や頂きの岩からは、兜の頭から突き出した羽根飾りのごとき低木の木立が生えていた。峠付近のなだらかな一帯には、種々さまざまの灌木や草木がみっしりと衣を作り、人の行く地表はやわらかく覆われていた。あたり一面の姫苺の木、羊歯の数々、エリカや柏槙の藪、青草、極楽百合（ツルボラン）、小型の篝火花（シクラメン）、これら背丈の低い植物を足もとに、コルシカ黒松の灰色の幹がすっくと空を指した。樹冠の青々とした傘の広がりは、澄み切った天空をどこまでも遠くただよっていくかに思われた。

リアはこう書いている、峠の平坦地に立って、わたしは森全体を見下ろした。それは周囲をほの白い岩壁に取り巻かれた、目に見えない舞台にむかって何百メートルの階段席を徐々に降りていく天然の劇場であった。その朝、舞台後景にはソランザラの谷口のむこうに海が望め、さらにそのはるかかなたに、紙に筆でひと捌けしたようにイタリアの海岸が浮いていた。シナイ半島のジェベル・セルバルの神秘的な岩山と柱列の眺めを唯一の例外とすれば、あまたの旅のなかでもこのバヴェラ森ほどに壮麗な、眼を釘づけにする眺めに出遇ったことはほかにない、と。だがリアは同時に、木材を伐り出す車が百から百二十フィート長の丸太を載せ、十六匹の騾馬に曳かせてつづら折りの嶮しい山道を下るさまを書きとどめてもいる。ちなみにリアの観察が正しかったことを、私は一八七九年刊、ヴィヴィアン・ドゥ・サン・マルタン編による『地理事典(ディクシヨネール・ドゥ・ジエオグラフィ)』でたしかめた。オランダの世界紀行家で地形測量技師、メルキオール・ヴァン・ド・ヴェルデが記しているのである。バヴェラの森ほどに美しい森を見たことはない、これほどの森はスイスにも、レバノンにも、インドシナにもなかった、と。

「バヴェラにまさる森をわたしはいまだかつて見たことがない(バヴェラ・エ・ス・ク・ジエ・ヴエ・ドゥ・プリユ・ボ・アン・ファ・ドゥ・フォル)」とヴァン・ド・ヴェルデは書き、戒めをこめてつけ加える。「ただしこの森の荘厳なる姿を見んとする旅行者は、急ぐがいい!(スルマン・シ・ル・トゥーリスト・ヴ・ラ・ヴオワール・ダン・サ・グロリ・キル・ス・アット)いまや斧が徘徊し、バヴェラは去りゆくのだ!(ラ・アッシユ・シ・プロメーヌ・エ・バヴェラ・サン・ヴァ)」——斧が徘徊し、森が消える。たしかに今日のバヴェラ地域は、想像されるかつての姿をとどめてはいない。なるほど、はじめて南から峠みちを登り、中腹に霧の冠を浮かべた青紫から濃紅の円錐型の岩山にすこしずつ近づいていって、峠(ボッカ)の端(はな)からソランザラ渓谷を見下ろせば、ヴァン・ド・ヴェルデとリアが感嘆したみごとな森はいまも残されているように思えるだろう。だがその実ここに生えているのは、一九六〇年夏の大規模な山火事後に、営林署がおこなった焼け跡への植林にすぎないのだ。ひょろひょろの針葉樹であって、何十世代はおろか、人ひとりの人生を長らえるかすらおぼつかない。

みすぼらしい松柏の林床はあらかたむきだしである。昔日の旅人が書きとどめた猟獣や猟鳥の豊かさ――ヴァン・ド・ヴェルデは「猟獣の宝庫（ル・ジビエ・イ・アボンド）」と記した――は、私の眼には片鱗すらうかがわれなかった。かつては、並たいていではない数のアイベックスがいた。嶮崖のかなたを鷲や禿鷹が輪を描いた。真鶸（まひわ）や花鶏（あとり）が何百羽と群れて渓流の水面を跳ねた。鶉（うずら）や山鶉が低い藪の下に巣をつくった。どこへ行っても蝶がひらひらとまとわりついた。島にありがちなように、コルシカの動物たちはおどろくほど矮（ちい）さかったとされる。

一八五二年にコルシカ島を旅して回ったフェルディナント・グレゴロフィウスが、サルテーヌの北の丘陵で遇ったというドレスデンの蝶研究家の話を書いている。男は、なにしろここは棲息する生き物がじつに小ぶりである、だからはじめて来たときからまるでエデンの園かと見紛った、と語った。グレゴロフィウスは書いている、じっさいこのザクセン地方の昆虫学者に遇ってほどなく、バヴェラ森林でわたしはとうに絶滅したコルシカ赤鹿 *Cervus elaphus corsicanus* の姿をいくども目にした。体の矮さい、なにとなし東洋風の動物で、体軀のわりに頭が大きく、いつでも死を覚悟しているかのように両眼を恐怖にかっと見開いている鹿である。

かつて森に暮らしていたおびただしい猟獣が絶滅に瀕している一方、コルシカの島は、例年九月になると狩猟熱が吹き荒れる。島の奥に遠出するたびに感じたのであるが、とうに目的を失った破壊の儀式をするために、島の男たちはまるで総がかりの印象だった。年配の男はたいてい青い仕事着の平服姿で街道ばたに出、山奥までずらり歩哨に立っている。若い者は軍服もどきに身をつつみ、ジープや四輪駆動車でところせましと走り回る。国が占領されたか、はたまたいましも敵国が攻めてくるかといった空気だった。無精ひげに重い鉄砲をたずさえた物々しいいでたちは、さながら血迷った行動主義によって故郷をめちゃくちゃにしたクロアチアかセルビアの民兵団である。うっかり縄張りに迷い込んだりすれば、マルボロをくわえたユーゴスラビアの内戦の英雄同様、コルシカの狩人たちもだまってはいないのだ。

　そういう男に遇ったさいに血なまぐさい行事の話をきこうにも、どこの馬の骨とも知れぬ散歩人などと話ができるものか、とはっきり鼻であしらわれるのは一度や二度ではなかった。危険区域から早々に退散しないかぎりうっかりズドンとやられたって知らんぜと、疑いないしぐさで帰れと道を示されたものである。あるとき、エヴィザから少しばかり下ったところで、いかにもただならぬ任務に就いているといったふうの歩哨役にむかって会話をこころみたことがある。六十がらみの短軀の男で、二連式の散弾銃をななめに膝に乗せ、低い石の胸壁のうえに腰を下ろしていた。この胸壁がスペルンカ峡谷の二百メートルの深淵から道を隔てているのである。男の着けている薬莢はばかでかく、そのため弾薬帯もむろんひどく幅が広くて、革の胴着そこのけに腹から胸の半ばあたりまで隠していた。なにを狙っているのですかと訊ねると、イノシシ（サングリエ）、とぶすりひと言。私を追っ払うにはひと言で十分という感じだった。写真は撮らせなかった。義勇兵がカメラの前でよくやるように、指をひらいて掌を私に突きつけ、制止したのである。

コルシカの新聞では、たえまなく起こる警察宿舎や市町村金庫などの公共施設の爆撃テロのニュースにまじり、いわゆる〈狩猟解禁〉が九月に大々的に報道される。例年フランス全土をゆるがす〈新学期はじまる〉の喧しさすら影がうすくなるほどだ。さまざまな地域の猟区状況、昨シーズンの猟果、今季の予想などにはじまって、考えうるありとあらゆる面から狩猟についての記事が出る。猛々しい格好の男たちが鉄砲をかついで灌木密生林（マキ）から出てくる姿や、仕留めた猪のまわりに集まってポーズを作っている写真が載る。だがおおかたは、年々仕留められる兎や山鶉（うずら）の数が少なくなっていくという嘆き口調だ。たとえばヴィザボナのある猟師の妻は、《コルス・マタン》紙のインタビューにこう答えて嘆いたものだ。「うちの亭主、前はいつも山鶉の五羽や六羽はしとめて帰ってたんですよ、それが今年はたったの一羽ですからね（モン・マリ・キ・ラントレ・トゥジュール・アヴェック・サン・ウ・シ・ペルドリ・オ・ナ・トゥ・ジュスト・プリ・ユヌ）」。山野を歩き回って空手で帰宅した男への、このことばに込められた侮蔑、古来狩りの場から締め出されている女の眼からすれば、獲物のない猟師ほどお笑いぐさはないということ――これはわれわれのはるかな昏い過去にさかのぼる歴史の、いわば末期的エピソードというものだ。その過去は、すでに私の子ども時代を不吉（いや）な予感で満たしていたものであった。

いま思い出される。霜のおりた秋の朝だった、登校のとちゅう肉屋のヴォールファールトの敷地を通りかかると、十数頭の牝鹿を荷車から敷石のうえへ投げ降ろしているところだった。私は身じろぎできず、その場に立ちすくんだ。殺された獣の眺めに金縛りにあっていた。猟師たちが樅の小枝をひどくありがたがることも、肉をかたづけて白いタイルだけになった日曜日の肉屋のショーウィンドウに棕櫚の木が飾られていたことも、私の眼には当時すでになにかうさんくさいものと映った。パン屋にはまちがいなくこんな装飾はいらないだろう。

のちにイギリスでは、いわゆる〈お肉屋さん〉の店先に陳列された肉塊や内臓のまわりに、一インチたらずのプラスチック製の緑樹がずらりと並べられているのを眼にした。この常緑の飾りはきっとどこかで大量生産されるのだろう、目的はただひとつ、流された血への罪悪感を和らげることなのだ――ふり払うことのできないその想念は、その馬鹿馬鹿しさゆえにいっそう、私にはあることを物語るひとつのしるしではないかと思われた。赦しを求める願望がいかに強く、その赦しをわれわれが古来いかに安直に得てきたかを。

そんなことがざっと頭をかけぬけたのは、ピアナのホテルの一室で、ある日の午後窓辺に腰を掛け、ナイトテーブルの引き出しに見つけたプレイヤード叢書の古い一巻を手にして、これまで知らなかったフロベールの『ジュリアン聖人伝』(鈴木信太郎訳、新人物往来社)を読みはじめたときだった。一風変わった物語である。おさえがたい狩猟熱と聖人への召命が、同じひとりの男の胸をひきむしる。私は魅入られ、同時に心乱れながら、本来は気のすすまないはずの物語を読みふけった。

礼拝堂で見つけた一匹の鼠を殺すところ、それまでおとなしかった子どもの胸に暴力がふいに目覚めるくだりで、はやくもおぞましい戦慄が肌を走った。ジュリアンは軽く一撃をくわえた、とある。鼠の穴の前で待ちかまえていたのだ。動かなくなった小さな体を前にぼうぜんとした。血が一滴、石畳を汚していた――。物語が進行するほどに血溜まりは大きくなる。犯罪は、くり返されればされるほど、殺し方を変えて隠蔽されなければならない。やがて弩(いしゆみ)で打ち落とした鳩が、水蠟樹(いぼたのき)の藪にひっかかり、ぴくぴくと痙攣することになる。くびり殺してついにその息の根を止めたとき、ジュリアンは快感のあまり気が遠くなるように感じる。父から狩猟術を教えてもらうや、衝き動かされるように山野に走る。猪狩りに森へ、熊狩りに山へ、鹿追いに谷底へ、野原へ、心やすむ暇もない。ジュリアンの太鼓がとどろくや、獣という獣は震え上がる。犬はいっさんに崖をかけのぼり、鷹は空に舞い、そして小鳥は石のようにばらばらと空から落ちてくる。

血と泥にまみれて狩人は毎晩帰途についた。殺戮ははてしなく続いた。ある凍てつく冬の朝、ジュリアンは館を出、終日心の昂ぶるままに、あたりの生き物を一匹のこらず殺し尽くす。矢は夕立の雨のように降った、とある。ついに夕闇がただよい、枝のはざまに見える空が血塗られた布のように赤く染まると、ジュリアンは眼をかっと剝いたまま、一本の木の根方に寄りかかる。すさまじい虐殺を眺め、なぜこんなことをしでかせたものか、われとわが身が解らない。のちジュリアンはたましいが虚けたようになり、恩寵から見放された世界をはてしなく彷徨する。いくたびか焦熱のなかをさまよい、灼りつける陽に頭髪がひとりでに焔を上げ、極寒のなかで四肢がはじけ散る。狩りはとうに遠いものになったのに、夢ではまだおそろしい狂熱におかされる。始祖アダムのように楽園にいて鳥獣に取り巻かれているが、腕を伸ばすだけで、みなころころと死ぬのだ。あるときは、眼の前を鳥獣が二匹ずつ通りすぎていく。野牛(オーロクス)と象を先頭に、孔雀、珠鶏、山鼬まで、まるで方舟に乗り込んだあの日のごとくである。ジュリアンは洞窟の暗がりから狙いあやまたぬ槍を投ずるが、それでも鳥獣の列はひきもきらず、あとからあとから続いてくる。

どこへ行こうがなににむかおうが、命をうばった鳥獣の亡霊はつきまとう。とどのつまり、恐ろしい辛酸と苦悶のすえに、ジュリアンはこの世の涯で、癩を病む男の舟に乗って川を渡る。むこう岸に着くと、その渡し守と床をともにしなければならない。瘡と吹き出物だらけの、ごわごわした、あるいはねちゃねちゃした肉塊にひしと抱かれ、胸と胸を、口と口を合わせてこの人間という人間のうちもっとも気味の悪い人と一夜を過ごしたとき、はじめて苦悩から救われ、蒼天高く昇ることを赦されるのである。

読んでいるあいだ、一度も眼を上げられなかった。一行ごとに深い戦慄にひとを引き込む、底の底から倒錯した物語、人間の暴力の非道についての物語であった。最後の頁に恩寵による変容が起ったところで、ようやく顔を上げることができた。

黄昏に部屋はすでに半ば昏くなっていた。だが外はなお入り陽が海の上に懸かっている。波に映えるぎらぎらした光に涵されて、窓から見えるかぎりは道路にも集落にも損なわれていない一角の、まったき世界がゆらめいていた。何百万年の歳月に風や塩霧や雨によって洗われた花崗岩の、三百メートルの深淵からそびえ立つカランケの巨大な巌の層が、燃え立つような赤銅色に染まっていた。巌そのものが焔を上げ、内部から灼きほとっているようだった。ゆらめく景色のなかに、焔につつまれた木々や獣の、あるいはうずたかく山に積まれて燃えている民族の輪郭を見たように思った。海すらも燃えさかっているかだった。

太陽が水平線のむこうに沈むと、ようやく海の鏡は光を失い、巌の焔も色あせて、淡紫と蒼に移っていった。夕闇が浜辺からじわじわと広がっていく。かなりの時がたち、やわらかな薄明かりにようやく眼が慣れてくると、ひとつの船影が眼に入った。さきほどの燃え上がる光景から現れ出てポルトの港にむかう船だったが、静止しているかと見えるほどゆるやかな動きだった。五本マストの白いヨットで、静かな水面には航跡のあとかたもない。静止のきわにいながら、それでも時計の長針のようにとぎれなく進んでいるのだった。船はいわば、われわれの感覚が捉えうるものと、いまだ誰も見たことのないものとを隔てる一本の線にそって動いていた。

はるかな洋上には残照がまだきらめいていた。陸の黄昏はしだいに深まっていく。カポ・ゼニノの黒々とした連山とスカンドラ半島の手前あたりで、純白の船に灯がともった。双眼鏡をつかって眺めると、船室の窓にあたたかな灯火がともり、デッキの上構えもライトがつき、マストからマストに電飾がほどこされている。だが人影はまったくない。あたかも船長がカランケの巌にかくれた港を前に入港許可を待っているぐあいだったが、光りながら闇のなかに一時間ばかり停まっていただろうか。やがて星が山並みのかなたに輝きだすころ、船は向きをかえ、現れたときと同じようにゆっくりと消えていった。

かつての学舎の庭（ラ・クール・ドウ・ランエンヌ・エコール）

昨年の十二月、この絵が送られてきて、なにかこれに相応しいことを考えて書いてくれないかとていねいな依頼を受けた。絵はそれから何週間か、私の机に載っていた。ところがそこにある時間が長くなればなるほど、幾度となく眺めれば眺めるほど、絵のほうがどんどん私から身を閉ざしていくような気がする。しまいにはそれ自体はなんでもない課題が、眼前にそびえる乗り越えがたい障害のようになってしまった。そうこうした一月末のある日、絵は置かれていた場所から忽然と姿を消してしまった。じつはそれでいささかほっともしたのだが、肝心の絵はどこへ行ったのやら、誰も知らない。かなり経って忘れかけていたころ、また思わぬかたちで戻ってきた。ボニファシオからの手紙に同封されていたのである。マダム・セラフィーヌ・アカヴィヴァという、昨夏から私が手紙をやりとりしている女性がこんなことを書いてきた――一月二十七日のあなたからのお手紙になんの添え書きもなく同封されていた絵ですが、どうやって御許にたどり着いたのかに興味をおぼえます、これは、わたしが一九三〇年代に通っていたコルシカ島、ポ

ルト・ヴェッキオのかつての学校の校庭の絵なのです、と。あのころ、ポルト・ヴェッキオは――とマダム・セラフィーヌ・アカヴィヴァは続けていた――のべつマラリアに襲われて、砂地と沼地と植物のみっしり茂った低灌木の林に囲まれた、はんぶん死んだ町でした。せいぜい月に一度リヴォルノから錆びた貨物船がやってきて、波止場に停まってオーク板を積んでいくぐらい。ほかはなにも、何百年このかた、すべてが朽ち腐りゆくことのほかは、なんにも起きなかったところです。狭い通りにはいつも気味のわるい静けさがただよっていた。なぜって住民の半分は熱をだして家のなかで意識朦朧となっているか、頬のこけた黄色い顔をして、階段や門口に坐り込んでいましたから。わたしたち学校に通っている子どもは、とマダム・セラフィーヌ・アカヴィヴァは書いていた、ほかを知りませんから、マラリア、あのころのことばでパリュディスムといった病気のために、文字どおり住めたものでなくなった町に生きることの絶望についてなど、想像もつきませんでした。そしてもっと幸福なよその地域の子どもと同じように算術をしたり、書き方をしたり、ナポレオン皇帝の栄枯盛衰の逸話を学んだりしていたのです。ときおり窓から外を眺めて、校庭の塀のむこう、潟（ラグーン）の白い縁を越えて、かなたのティレニア海にちらちらとまばゆい光が燦めいているのに眼を馳せていたものでした。あとは、とマダム・セラフィーヌ・アカヴィヴァは手紙を締めくくっていた、学校時代のことはほとんど記憶していません、ただわたしたちの先生が、トゥーサン・ベネデッティという名前の元軽騎兵でしたけれども、わたしの勉強帳のうえにかがんで始終言い抜いていたのだけは憶えています――なんたるひどい書きぶりだ、セラフィーヌ！　そんなことで人に読んでもらおうと思うのか（ス・ク・チュ・エ・クリ・マル・セ・ラ・フィーヌ・コ・マン・ヴ・チュ・コン・ピュイス・トゥ・リール）、と。

エッセイ

異質・統合・危機――ペーター・ハントケの戯曲『カスパー』

したがって、じっと耳を傾けて、世界のあのつぶやきのほうへかがみこみ、けっして詩とならなかったあの多くのイマージュ、けっして覚醒状態の色調をおびなかったあの多くの幻覚（ファンタスム）を知覚する努力をしなければならぬだろう。だが多分そのことは二重の意味で実現不可能な課題だといえるだろう。というのは、その課題によってわれわれは、何ものによっても時間につなぎとめられていない、埃のような、あの具体的な苦しみ、あの狂った個人発話（パロール）を再構成するように促されるわけだから。しかもとりわけ、こうした苦しみと言葉が存在「するのは」（…）分割という行為においてでしかないのだから。

ミシェル・フーコー『狂気の歴史』（田村俶訳）

パニックに駆られて何度かのこころみをくり返した後、背後の幕から舞台に飛び出してきたカスパーは、見知らぬ空間で立ちすくみ、あたかも「全身が怪訝のかたまり」(1)のごときである（ハントケのこの戯曲『カスパー』［一九六八年］が想を得た実在の人物カスパー・ハウザーは、一八二八年ニュルンベルクの街角に突然現れた素性不明の少年。長期にわたり地下牢に幽閉されていたらしく、ほとんど言語能力がなかった）。だいぶん逃げてきて、さいごに開けた場所に出たものの、まわりを取り巻かれて立ち往生し、なにがなにやらわからぬ現実に投げ出されている、といったふうだ。私たち観客のことはカスパーの念頭にはない。ただ私たちのほうは、この男の派手派手しい上衣や、だぶだぶのズボン、リボンのついた帽子から、かつてウィーンの観衆を笑わせたギョロ眼の間抜けな田舎者を思い出すかもしれない（「カスパール」「カスペルレ」はふつう道化の名前）。とはいえあの小狡い田舎者は、都会の礼儀作法（コム・イル・フォー）こそわきまえなかったが、舞台上のおのれの役回りはちゃんと心得ていたから、まごつくことも途方に暮れることもなかった。かたやカスパーはといえば、ひとりの仲間もいない、いまだ舞台上の異分子である。それゆえにカスパーの芝居は、テンポよく展開してめでたしめでたしに終わる喜劇的人物の迷走劇にはならず、ある野生の人間を飼い慣らすことについての、内面の、内向きの物語となる。だがこれによって、この道化劇およびその歴史的な変遷において表向きの筋書きがつねに含意してきたもの――すなわち、反逆的道化ハンスヴルスト劇から、秩序におさまる道化カスペルレ劇への変貌、および普遍という尺度からする〈未開〉の人間を市民に改良しようといういろいろな意味で悲惨なこころみ――が批評の明るみにさらされるのだ。

　カスパーの前歴については、推測するしかない。ヤーコプ・ヴァッサーマンの小説『カスパー・ハウザー』（一九〇八年）によれば、「彼がどこから来たのか、だれも知らなかった」のであり、言語能力を欠いていたカスパー自身も、自分の出自についてなんの情報も伝えられなかった(2)。ところが意表をついた無防備な存在は、がぜん社会のルサンチマンをかきたてる。教育を施されたことのない、言葉を持たないこの生き物は、楽園の幸福にひたされているとは言わないまでも、なにか独自の謎を秘めているのではないか。ちなみに、この間の消息にかけてずば抜けて鋭いニーチェによれば、これは「人間には辛いことである。（…）〈どうしておまえは自分の幸福についてなにも語らず、ただ私をじっと見るばかりなのだ？〉と人間が動物に問うたとする。動物は答えのつもりでこう言おうとするだろう、〈それは、わたしは言おうとしたことをいつもすぐ忘れてしまうからです〉と。だが動物はその答えもすぐに忘れてしまい、じっと黙っているのだ」(3)。カスパーと言葉の調教師(プロンプター)（プロンプター［芝居で台詞を忘れた役者に背後から教える後見のこと］を意味するEinsagerは、「言葉をささやきかける者」「言葉を教え込む者」とも解せる。調教師たちは声だけで舞台には登場しない）たちの関係もこれとほぼ同様である。彼らはカスパーが体現する白紙の人生、絶対的で「非歴史的な感覚」(4)（これもニーチェである）の能力にねたましさをおぼえている。と同時に、この類いまれな性質はカスパーの異質さをも引き起こしている。ホーフマンスタールも同様のことを考え、ほとんど知覚されることのない幸福、存在しているだけの単純な幸福が間断なくつづく、トラウマとは無縁な苦痛のない状態を〈前存在(プレエグジステンツ)〉という概念に表した。ヴァッサーマンの小説でも、この状態は監禁による不如意とはまったく異なったものと捉えられている。ヴァッサーマンはカスパーについて、「彼は自分の身体になんの変化も感じなかった。変わらなければならないとも思わなかった」と書く(5)。カスパーの平坦な生をほかにも表しているのが「白い木馬」である。「カスパーの存在そのものをぼんやりと映し出している白い木馬（…）。彼は木馬で遊ぶことはなかった。声なき会話をすることもなかった。木馬は車輪のついた板の上に載っていたのに、前後に押してみることすら考えなかった(6)」。「とてつもなく離れたところの樹が朽ちる音が聞こえ(7)」たり、「真っ暗闇で色を識別(8)」したりする能力を身につけたほどの静止した非歴史的な存在を解かれて、カスパーは舞台の光のなかへ投げ出されるのである。およそ質の異なる環境への苦しく衝撃的な移行であって、「原初の、あらかじめ安定のなかにあった調和[9]」はそこなわれ、心のバランスは失われる。人類学では、人間が樹木がない環境に置かれて、上方へ逃げる可能性がまったく失われたことが、神話素（ミュトロゲーメ）の創出につながったのではないかとされている。カフカの短篇「ある学会報告」に登場する、人間社会に連れて行かれた猿が報告するのも、これとそっくりの事情だ。「出口などはこれまでいくらもあった[10]」猿がやむなく人間になったのは、まさしく出口なしの状況に陥ったからだった。同様に野生のカスパーも〈発達〉するほかに途はない。ただしカスパーも猿の〈赤っ（ロート）面ペーター〉も、みずからが神話素を作り出す必要はなかった。プロフェッショナルである言葉の調教師（プロンプター）たちが提供したからである。ここに出てくる調教師の身体なき声は、かつて実在のカスパー・ハウザーを教育し、〈自然の奇跡〉として、解放された無辜の人を作ろうとした十八世紀およびそれ以降のおめでたい教育学とはまったく無縁なものである。かつての実験が素朴な理想主義であったとすれば、ここでカスパーに対しておこなわれているのは、つまるところ既成の社会にすっぽり適応することを解放とみなすたんなる幻想にほかならない。ひとつの〈わたし〉が作られる。が、それはホーフマンスタールが述べるように、「犬のようで、不気味に黙ってよそよそしい[11]」べつのアイデンティティに変化してしまうのである。

　カスパーが四六時中さらされているメディアによる匿名の声は、カスパーにとっては「他者の侵入に受け身で晒されるという意味における疎外[12]」である。カスパーのなかでなにかが分裂し、カスパーは抵抗力をうしなって、学習をはじめる。まずもっての経験は、道化師（クラウン）のそれであって、カスパーはまわりの事物の御しがたさ、対するに人間としての無能ぶりをさらけだす。両手はソファのすきまに突っ込んだまま抜けなくなり、引き出しは机から落ちて足元にころがり、安楽椅子には坐ったまま起き上がれず、揺り椅子はひっくり返り、ついに仰天して逃げ出す……新しいレッスンのひとつひとつが、あらたな恐怖だからだ。ふつうの道化師は「学習によって得た、事物を御するまじめな技能と本人が演出する不器用とのあいだの緊張」[13]のなかでかるがると演技をするが、学んだことのないカスパーにとってそれらは予想もつかない突発事にすぎず、事物を使いこなす練習というよりも、むしろ自身の調教をしか意味しない。ハントケはサーカスについて、サーカスの観客は手放しで熱狂することはけっしてない、「なぜならそこにはかならず屈辱や恐怖の事態を予期する気持ちがはたらいているからである」[14]と述べている。芸はいつしくじるかわからないのだ。ところが道化師の場合は、「サーカスのほかの演目ならば気まずいはずの失敗が、演目の一部である。(…)道化師の失敗は、気まずいのではなくて、滑稽なのだ。気まずいのはむしろ、期せずして事物の扱いがうまくいっていいってしまった場合だろう。椅子につまずかない道化師、すんなり椅子に腰掛けられる道化師(…)を目にするのは、気まずいのだ[15]」。一方、カスパーのぎこちなさは自由意志によるものではまったくなく、身に起きる出来事は見かけのうえで滑稽であるにすぎない。カスパーはじきに失敗を避けることを学ぶ。しかし失敗を重ねるうちにすっかり道化っぽいふるまいと同化してしまったがゆえに、正しい反応にも観客はむしろ気まずさをおぼえてしまう。ここで進歩と称されているものは、じつは調教される者にじわじわとあたえられる屈辱にほかならないのだ。人間の平均像に近づけば近づくほどに、調教された人は狂ったけものに似通っていくようになる。カスパーの〈感情教育(エデュカシオン・サンチマンタル)〉は、カスパーの病歴でもあるのだ。その病歴からは、所有と教育のあいだにある避けがたい病理学的な繋がりが見えてくる。事物に名前があるのは、私たちが事物をしっかりと捕捉するためであり、同様に私たちがこしらえた世界地図から白地が消えていかなければならないのは、精神の植民地を拡大させるためにほかならないのだ。ハントケの『ボーデン湖の騎行』では、ヘニー・ポーテンが湖を馬で渡りながら次のように回想する。「子どものとき、私はなにかがほしいときには、まずかならずそれを名前で言わなければならなかった」[16]。ほどなくカスパーは、そこにこそ事物を御することの秘密があることを理解する。そしてささやかな権力をささやかに増大させるべく、情報のとりこになる。「知は所有欲の親戚である。みみっちい貯蓄本能である。思いあがった内面の資本主義である」[17]というローベルト・ムージルの指摘は、学習の意義を理解したカスパーがみせる発達に対する批評であってもよいだろう。あたかも純情素朴と啓発教化のどちらかを意識して選んだとでもいうように、見知らぬ事物を御するための見知らぬ言葉が、拒むことができない命令かひそかな脅迫のごとくつぎつぎとカスパーのもとに押しよせる。しかもカスパーは、社会が発する声を他所のもの、自分の外にあるものとは受け取っていない。まばゆすぎる新しい世界にさまよい出たときに自分にとって見知らぬものとなった自分の一部として、声はカスパーの内部で響いているのだ。さまざまな処世訓や内省が、あたかもカスパー本人の個人的狂気でもあるかのように強迫的に襲いかかる。だからカスパーはそれらに従うのだ。

カスパーに対する仮借のない教育は、言語のおきてにのっとっている。この戯曲が〈言語の拷問〉と名打たれているのは、カスパーのいうなれば健康な動物的理性が失われるまで言葉が吹き込まれるからばかりではない。より正確に言うなら、この学びを経るうちに、言語そのものが酷薄な道具主義の貯蔵庫であることが明らかになるからである。調教師たちが言うように、カスパーが最初に発するひと言すらが、「文を発する前と発したあとともに時間を区切ること」[18]を学習させる。緊張が走る。ともに来るべき拷問の予感。カスパーはことばでどもることを学び、すると調教師たちの声が、どもりによって相応しくないところで入る切れ目が、どんなに苦痛をあたえることができるかを実演してみせる。「ことばはまだおまえを苦しめない。おまえを苦しめ。ないどんな語もおまえを。苦しめ。ないだが、おまえを苦しめるのが、ことばであることを、おまえは知らない、ことばはおまえを苦しめる、なぜならそれがことばだと、おまえは知らないから」[19]。調教師たちが言語について実演してみせたものは、ほかのものに移しかえることができる。それは切れ目を入れることとなり、現実の、ひいては人間の生体解剖となるのだ。無自覚であることのぼんやりした苦悩は去り、経験のくっきりした痛みが生まれる。生命の生彩の謎を憑かれたようにさぐろうとするうちに、形象の世界はばらばらな部分へと腑分けされる。言語をたくみにあやつるとは、そうしたたぐいのことなのだ。文法は機械的な体系だから理解できるのであり、この機械的体系が、装置と生体を組み合わせた拷問として、犠牲者の肌にじわじわと決定的概念を刻み込んでいく。カフカの『流刑地にて』はそのために必要な装置を描いたものであったし、『道徳の系譜』で記憶術について論じたニーチェは、人類先史のなかで、記憶の術において苦痛と記憶が結びつけられていたことほど不気味なものはない、としたのだった。ところが理路整然とした道徳的な人間への教育という長い過程において個々の人間から奪われた生きた実質は、言語機械にどんどん足されていき、しまいにはそれぞれの部分の機能が交換可能になってしまう。〈文法機械〉というイメージを考え出したラース・グスタフソンは、「機械の生命と似たような意味で、われわれ自身の生命がある種シミュレートされたものなのかもしれないということを教えてくれる[20]」ところに機械の象徴的価値があるのかもしれない、と述べている。とすれば、さだめし人間はステュムパーリデス（ギリシャ神話の怪鳥。青銅のくちばしと爪をもつ）のごとき金属のねじと羽からなる存在であろうか。コミュニケーションという金属板から決まりきったパターンを打ち出し、かたや言語は、それ自体の邪悪な生命を生きはじめる、暴走する装置となるのだ。カスパーに示される次のような例文は、言語の刻印をうけるカスパーの感覚器官がさらされている酷薄な処置を映したものである。「扉はひらく。傷口はひらく。マッチは熱い。びんたは熱い。草はふるえる。おびえた男はふるえる。平手打ちはピシャッと鳴る。体はピシャッと鳴る。舌はなめる。炎はなめる。のこぎりは金切り声をだす。拷問された男は金切り声をだす。ひばりはピイと笛を吹く。警官はピイと笛を吹く。血はとまる。息はとまる[21]」。言葉の調教師たちもわきまえている。第二幕の冒頭で、傷ついたカスパーが一回の分裂で増殖し、満ち足りた二人になったとき、調教師は、均質者たちの社会にカスパーを参入させるために自分たちが採った方法について弁明する。「頭のうえに／規則正しく水滴を垂らしたからといって／秩序の不在を嘆く／理由にはならない／酸を口にふくませたり／腹を踏みつけたり／鼻に棒を突っ込んで／ほじくり回したり／もっと尖ったものを／遠慮会釈なく／耳の穴に／突っ込んだり／とにかく手段についてあれこれいわず／あらゆる手段を駆使してある人に／すみやかに／秩序をもたらすこと／それは／秩序の不在について／不足をもらす理由にはならない[22]」。

カスパーはこのようにして手際よく社会化されていく。そしてみるみる進歩をとげるのだが、突如として危機におちいる。時間の経過によって、自己同一性が揺らぐのだ。「ぼくがいるとき、ぼくはいた」[23]。位相の変化というこの問題を、カスパーはめくらめっぽう、ありとあらゆるバリエーションの文で表現する。文法的に可能な文も不可能な文も、みずからの現実もみずからのいらだちも、なにもかもごちゃごちゃに入り乱れた文である。「ぼくはいるから、ぼくはいただろう」[24]と最後に言うときには、それが文としてあべこべなのか、それともたんに絶望を表しているのか、もはや判じがたい。自分自身がつかめなくなったカスパーは、「ぼくは、ぼくだ」という魔法の常套句を三度くり返す。しかしこの肯定はいまひとつ効果を発揮しない。自身が表象するものへの疑惑を深めているカスパーに対抗するには、抽象的なこの文では力不足なのだ。揺り椅子に坐って揺れていたカスパーは、ぎょっとしたふうに椅子をとめ、「どうしてこんなに黒い虫が飛びまわっているんだろう?」と言う。すさまじい不安が示される場面である。カスパーは退行の危機にある。舞台が暗転する。調教師たちはやむなくもういちど説得をこころみる。ふたたび溶明。彼らが話しはじめる。「おまえには、人生を切り抜けられるための、模範になる文がある」。さらに明るくなる。「おまえは学ぶことができる、そして自分を役立つ人間にすることができる[25]」。舞台が明るくなるにつれてカスパーは落ち着きを取り戻し、ふたたび秩序正しく(まともに)なり、蒙を啓かれ、堅信のショックや、暗闇のがまんテストにも耐える構えができている。「おまえは殻を破りでた[26]」――これが闇に入る直前に、調教者たちがカスパーにかける言葉だ。舞台は暗くなるが、こんどの暗がりはカスパーの持つ不安ではなく、カスパーのなかに注ぎ込まれた不安である。間がしばらく続いてから、声が闇にむかって諭すように呼びかける。「おまえは汚れに敏感になる」。ふたたび溶明したときには、カスパーの社会化は完成している（ように見える）。カスパーの分身（アルター・エゴ）がほうきで舞台を掃きながら登場する。カスパーはいまや自分自身のマトリクス（産出母基）となり、無限に複製可能なのだ。何人ものカスパーが登場する。改造されたカスパーのクローンたちだ。だが反復されるすべてのもの、とどのつまりは自己自身が、カスパーの新たな悩みのたねとなる。「はじめて一歩を踏みだしたとき、ぼくはとても誇らしかった。でも二歩めは恥ずかしくなった。（…）くり返されるものは、なにもかも恥ずかしかった」[27]。ところが言語についてだけはこれが逆なのである。カスパーはこう語る。「はじめて文を口にしたとき、ぼくは恥ずかしかった。二つめはもう恥ずかしくなかった」。いわば言語がカスパーを恥知らずにしたのであり、複数の自己に慣れることを教えたのだ。カスパーがこのことをまだ記憶しているということが、劇の終わり近く、カスパーが自己について語る物語の出だしとなる。その物語はカスパーがまだ完全に秩序正しく（まとも）はないことをはっきり示す。なぜなら「物語を語る必要のないものがまともである」[28]のだから。とすればカスパーの教育は失敗したのだ。カスパーは回想するが、その回想はいささか詳しすぎる。カスパーはおのれのことを知っているだけでなく、おのれの素性と成長、洗脳と、そこからはじまった絶望のことを知っている。

わが身の変化を内省することによって、カスパーは自身にあてがわれた役割を踏み越える。省察によってあと戻りし、ついに思考の門を通り抜けて楽園に踏み込み、〈前存在〉の純真さを取り戻す時点にいたるのだ。はじめて文を口にしたときのことを思い出し、その記憶を懐かしむなかで、無意識のうちに完成されていた失われた自己と出会う。「それから緑に輝く草原を見た。ぼくは草原にむかって叫んだ、〈ぼくはむかしだれかがそうであったような人間になりたい？〉――この文でぼくは、どうしてこんなに両足が痛むのか草原に訊ねたかったのだ」[29]（〈ぼくはむかし……〉は発見時にカスパーが意味を知らないまま口にしていた唯一の言葉）。こうした追想にひたりながら、カスパーは時間を計測し、もはやおおかたが謎でなくなった自身の生の暗がりをさぐり、やがて自分自身の現実、たんに順応したのではない現実と等身大だった事物にぶつかる。それは手をひりひりさせる雪であり、当時の風景にほかならなかった色鮮やかな窓の鎧戸であり、「蠟燭と蛭（ひる）、寒さと蚊、馬と膿（うみ）、霜と鼠、鰻と揚げパン[30]」といった薄暗がりのなかに残されたものだった。〈前存在〉から拾いあげ、ふたたび創造されたこうした心象風景――この心象からは、カスパーの以前の生が『塔』（ホーフマンスタール作の戯曲）に幽閉されていたジギスムントのそれと似ていることがわかる――は、カスパーにとっては自己存在の真正な証明書に等しい。それらを想起しつつ、カスパーは「ぼくはあのときまだ自分自身をあじわっていた」と言えるのだ。カスパーが受けた訓練は、彼のはじまりをすっかり忘れさせることはできなかった。カスパーはまだ学習したことの裏をかいて戻ることができるのだ。そうした小旅行からカスパーが持ち帰る野生の比喩（メタファー）は、その異質性において「偏執症（パラノイア）のメタファーであり（…）他者の侵入にたいする詩的な抗議[31]」である。意図的な反抗のしるしがもっとも明瞭なかたちをとるのが、『満ち足りた不幸』（邦題『幸せではないが、もういい』）に言われているように、「伝えたいという強烈な欲求が極度の失語状態とであう[32]」瞬間である。しかし麻痺的なこの出会いから逃れてきた心象（イメージ）は、不透明な暗号であって、挫折した反乱の例となる。その構造は、虚構と現実がいわばわかちがたく結びつく神話の構造をとる。そして神話と同じく、それは「形成のポジティヴな力というよりは、精神のもろさに根ざしている。（…）なぜならあらゆる記号には間接性という呪いがしみついているからだ。あらわにしたいものを隠さざるを得ない。言語の音は客観的な出来事も主観的な出来事も、〈外〉の世界も〈内〉の世界もなんとかして〈表現〉しようとする。しかし言語の手もとに残るのは生命でも存在自体の個々の豊かさでもなく、命のない短縮形にすぎないのである」[33]。このジレンマを文学が超越することができるのは、追放された非社会的言語にまことを尽くし、挫折した反乱の不明瞭なイメージを意思疎通の手段として用いることを学ぶことによるしかないだろう。

歴史と博物誌のあいだ——壊滅の文学的描写について

削除という芸当は、達人による防衛反射である。
スタニスワフ・レム『虚数』

夕闇のなか、世界と人類と自身の恐怖をこの胸に感じながら廃墟となったケルンを走った。

ヴィクター・ゴランツ『暗黒のドイツ』

第二次大戦末期におけるドイツの諸都市の破壊が、少数の例外をのぞいて当時もその後も文学の叙述の対象とならなかったのはなぜなのか——込み入っていることは否めないこの問題からは文学の役割について重要な推論ができることは確かであろうに、今日に至るまで、この問いに充分な説明があたえられたことはない。大規模な計画によって数年がかりで実行され、ドイツ人の多くが直接の当事者となった空襲も、破壊が引き起こした社会生活の激変も、本来はそうした経験を書きとどめようという欲求を喚起しておかしくなかったはずだった。被害の当事者たちが想起の必要性をどうやら感じていなかったとはいえ、破壊の規模とその影響についてなにほどかを知ることができるはずの文学による証言が欠けていること、しかも後代の眼にも明らかなほど欠けていることは、戦後の西ドイツ文学を解説するさいにいわゆる〈廃墟の文学〉が頻繁に語られるだけに、いっそう奇異に感じられる。たとえば作家ハインリヒ・ベル（一九一七〜一九八五）は一九五二年、このジャンルについて以下のように公言している――「それゆえ私たちは戦争について、帰郷について、私たちが戦争で見たものについて、そして帰郷して眼前にしたもの、すなわち廃墟について書く」[1]。同じベルの『フランクフルト講義録』にはこんな註記がある――「アイヒ、ツェラン、ボルヒエルトやノサック、クロイダー、アイヒンガーやシュヌレ、リヒター、コルベンホフ、シュレールス、ランゲッサー、クローロフ、レンツ、シュミット、アンデルシュ、イェンスやマリー・ルイーゼ・フォン・カシュニッツがいなかったなら、一九四五年という歴史的瞬間はどこへいったであろうか。同時代の文学に表現されていなかったなら、一九四五年から五四年のドイツはとうの昔に消え去っていたはずである」[2]。こうした言明にはある種の共感をおぼえる向きもあろうが、まさにいま名のあがった作家の文学がおおむね〈個人的な関心事〉と主人公の私的な感情を扱っていたことは周知のとおりであって、時代の客観的現実、とりわけ都市の荒廃やそこに生成した心的・社会的行動モデルに関して、情報源としての意味はあまりないという厳然たる事実は打ち消されるものではない。一九七七年、アレクサンダー・クルーゲ（一九三二〜）が『新しい物語たち（ゲシヒテン）』の第二冊として一九四五年四月八日のハルバーシュタット市空襲についてのテクストを発表するまでは、たまたま抜けていたとは言い難い記憶の欠落を多少なれ埋めるような文学作品がひとつもなかったこと、これは少なくとも不思議である。また唯一、全面的破壊という史上はじめての事態を文学として表現しようとしたハンス・エーリヒ・ノサック（一九〇一〜一九七七）とヘルマン・カザック（一八九六〜一九六六）がこの仕事を戦争中にはじめていたこと、そればかりか実際の出来事を先取りするかたちでおこなっていたこともまた不思議だ。ヘルマン・カザックへの追想文のなかで、ノサックは次のように述べている。「私は一九四二年末か四三年初頭に、戦後『ネキュイア』（邦題『死者への手向け』、川村二郎訳）の物語となる三十ページの散文作品をカザックに送った。するとカザックが、散文の競争をしようではないかと言ってきた。どういう意味なのか理解できず、ようやくわかったのはずっとのちになってからだった。当時私たちは壊滅した街ないしは死の街という同じ主題を扱っていたのである。いまの眼からすると、都市の破壊を予見するのは難しくないと思われるかもしれない。しかし事態が起こる以前にふたりの作家がまったく非現実的な現実、しかしその後私たちが何年もそこで過ごさなければならなくなり、またつきつめればいまなおそこに生きている現実を客観視しようとし、あたえられた存在のかたちとして受けとめたことは、やはり驚くべきことである(3)」。

人間の生活圏を破壊されるという集合的経験が文学においてどのように受容されたか、ないしは――ドキュメンタリーの書法を先取りするノサックのこころみに表れているように――どのように受容しうるかについて、ここではまずカザックの長篇小説『流れの背後の市』と一九四三年夏に書かれたノサックのテクスト「滅亡」を例に明らかにしてみたい。

ドイツ戦後文学初の〈成功作〉[4]のひとつ、一九四七年に出版されたカザックのこの小説は、四〇年代末に政治的社会的復興を背景として生まれた文学的戦略にはほとんど影響をあたえずに終わった。おそらくそれは、この書物が美的・倫理的に目指したものの大半がいわゆる〈国内亡命〉のなかで形成された思想に発し、よって小説の発表時にはすでに古びた時代様式に則していたためだったのだろう。カザックの作品で決定的なのは、一方の悲惨な現実の状況と、もう一方の人道主義的世界観の残骸をネガティヴではあれ新しい総合（ジンテーゼ）に導こうとするこころみとがかみ合っていないことである。「生がいわば地下で営まれている」[5]ごとき流れの背後の市の地誌は、具体的なディテイルにおいて破壊された街のそれである。「あたりの町並みの家々は、ただファサードだけが聳えているので、はすかいに眺めると、裸の外壁の背後はがらんと空になっていた」[6]。生と死のあわいにあるかのような国で住人が営む「生気のない暮らし」[7]の描写もまた、一九四三年から四七年の現実の経済的・社会的状況に想を得たとみて差し支えないだろう。乗り物はどこにもなく、歩行者は「あたかも周囲の荒涼たるありさまをちっとも感じていないかのように」[8]、瓦礫の積もった街路をふらふらと無気力に歩いている。「ほかの人々は、崩れ落ちてもう用を足さなくなった住居で、砕けた家具の残骸を探しているのが見られた。そこでは一片のブリキか針金を破片のなかから集めているかと思うと、ここではいくらかの木片を、胴乱のような下げ袋に集めていた」[9]。屋根のない商店では、乏しい品揃えの古くさい感じのがらくたが売られている。「ここには二、三枚の上衣とズボン、銀の締め金のついたバンド、ネクタイ、色とりどりの布がひろげられているかと思えば、そこにはあらゆる種類の靴や長靴が集められており、それらは多くの場合まったく首をひねるような状態のものだった。

ほかの場所には、さまざまな大きさの皺くちゃの服、流行遅れの上っ張りや農民の胴着が衣紋掛けにかかっており、それにまじってつぎを当てた靴下、ソックス、シャツ、帽子、ネットがひどく乱雑に売りに出されていた」[10]。こうしたくだりにあるように、悪化した暮らしや経済事情が語りの経験的な土台であることは明らかなのだが、概して経験した現実ないし経験されうる現実を神話化しているカザックの小説では、それらは中心的な構成要素にはなっていない。ところが、集合的惨禍を生きのびた者もじつはすでに死んだ状態にあるのだ、という包括的洞察につながる虚構の批評的可能性(ポテンシャル)は、神話レベルにおいても言説的な実現をみていないのだ。むしろカザックの眼目は、醒めた語り口とは逆に、破壊された生をたくみに非合理化することにある。都市の破壊を引き起こした空襲は、デブリーンばりの似非叙事的文体で、現実を超越した存在として飛来する。「破壊のすさまじさにおいて悪鬼の力も凌駕する残虐非道のインドラ神が暗示でもあたえたかのように、彼ら、群れなす死の使者たちはぐんと上昇し、人々を殺戮するかつての諸戦争を百層倍もしのぐ強力な力で、大都市の会堂や家々を黙示録を思わせるもの凄さで潰したのだった」[11]。謎の秘密結社のメンバーとして緑色の仮面をつけた複数の人物が登場するが、この人々はかすかなガス臭を体から放っており、どうやら強制収容所で殺害された人々を表しているつもりらしい。その人々が寓意的な誇張をこめて持ち出され、権力の化け物と議論する。権力の化け物はどんどん膨れていって人間よりも大きくなり、瀆神的な言葉で神なき世界の到来を予言する。しかし裁判官に選ばれた文書係(著者と重ねられている)の厳かな真摯さと対峙して、中身のない制服のただの抜け殻になり、くたくたと崩れて、あとに鼻をつまむような悪臭だけを残す。ジーバーベルクの映画にでも出てきそうなこうした演出は、表現主義的想像のもっとも胡乱な一面に由来するものだが、この演出には、小説の終わりで意味のないものに意味をあたえるこころみが加えられる。尊師マイスター・マーグスによって、西洋の哲学と極東の叡智を合一させる総合的構想の前段階が説明されるのだ。「マイスター・マーグスは次のようなことを述べた。三十三人の奥義に通じた者たちは、生まれ変わりを進めるために、長いあいだ閉ざされていたアジアの領域を拓き、拡げることにかなり前から意を注いでいる。そして精神と肉体の復活のために西欧圏も含めようと、さらに大きな努力を払おうとしているらしい。これまでごく徐々に、稀にしか進められてこなかったアジアとヨーロッパの存在理念の交流は、一連の現象によってはっきりと認められる[12]」。

マイスター・マーグスがさらに説明をつづけるうちに、カザックの分身（アルター・エゴ）である主人公は次のような認識に導かれる。これほど桁外れに何百万の人が死ななければならなかったのは「生まれ変わる者たちが押し寄せてくるので場所をあけてやるためだった。無数の人間は、種子として、黙示録的な新生として、これまで閉ざされてきた生存圏において時をたがえず甦ることができるように、はやめに呼び寄せられたのだった[13]」。「閉ざされていたアジアの領域を拓く」「ヨーロッパの存在理念」「従来手の届かなかった生存圏」といった言葉つきや概念の使われ方からは、時代のスタイルに結びついた哲学的思弁が、まさにその総合（ジンテーゼ）のこころみにおいていかに善意から逸脱しているかが恐ろしいほどはっきりと読みとれる。全体主義体制のもとでは本物の文学は秘密の言語を用いた、という説が〈内的亡命〉に関してくりかえし語られるが[14]、それはこの場合も、彼らのコードがファシストの言葉づかいにおけるそれと期せずして一致していたという点においてのみ正しい。ヘルマン・ヘッセやエルンスト・ユンガーにも同様のものが見られるカザックの新しい教育州（ゲーテ『ヴィルヘルム・マイスターの遍歴時代』に出てくる一種のエリート養成機関で、若者に人格教育を施すための場所）のヴィジョンも、それを転覆するにはいたらない。なぜならこれもまた選ばれた一団が国家の外部および上位から力をふるうという、ブルジョワ的理想のカリカチュアにほかならないからである。その腐敗と完成の極致が、叙階されたファシズムのエリートたちだったのだ。したがって最後に文書係となる主人公が物語の末尾、「この世を去った霊が指で触れていった場所に、なにかの文字が書かれているように感じた。小さなしみ、運命の最後のルーン文字が(15)」（ルーン文字はゲルマン語の表記に用いられていた古代の文字。ナチスにより神秘化された）、とあるのは、語りの意図とは裏腹なカザック作品の傾向をこれ以上なく明らかにしているのである。それは時代の瓦礫を、同じく崩壊した文化のがらくたの下にもう一度埋めるものであった。

ハンブルクの破壊を描写したハンス・エーリヒ・ノサックの「滅亡」は後述するように集合的惨禍の実態をはるかに正確に伝えているが、この散文作品もいくつかの箇所では社会の極限状態を神話化するという、リアリズムがその精神を失った第一次大戦期以降ほぼ習慣化した悪癖におちいっている。黙示録的な表現はここでも援用されており、平和なたたずまいの樹々がサーチライトの光を浴びて「血を流す三日月にむごたらしく飛びかかってゆく黒い狼(16)」に変貌するさまが語られ、あるいは、砕け散った窓ガラスから容赦なく果てしなさが吹き抜けていって、人々の顔を清めて「永遠への通路とした(17)」といった表現がとられる。とはいえ、破壊を一つの技術的事業としてとらえる視線を妨げるような宿命主義的な修辞は、ノサックにおいては、著者としてイデオロギーに堕すところまではいっていない。思弁においても、またさまざま点で特別な作品であるこの散文の執筆においても、概して時代の様式に抗ったことはノサックの疑いない功績である。したがってノサックが私たちの前にくりひろげる想像を絶する死の街の様相も、カザック の小説における同一モチーフの描写と較べるとはるかに現実に近く、また質的な価値を異にしたものになっている。

「車がフェデル地区を越え、広い市内進入道路をエルベにかかる橋へむかって走っていったとき、車の上でわたしのわきに立っている人たちの顔をみた。わたしたちはまるで旅行団の一団のようであった。ただメガホンと案内人の饒舌の説明がないだけだった。みんな呆然としていて、この異様な光景を受け入れるすべを知らなかった。以前なら視線が建物の壁にぶつかるところで、無言の平面が果てしなく広がっていた。墓場なのだろうか。しかしどのような生物がそこに死者を埋葬し、墓の上に煙突をたてたのか。その煙突は、記念碑か石棺堂、あるいは警告する指のように、たった一つだけ地から生えている。その下に横たわっているものたちはこの煙突を通して青い霊気を吸いこんでいるのだろうか。そしてこの奇妙な茂みの間にがらんどうのファサードが凱旋門のようになって空中にかかっているところには、彼らの王侯や英雄の一人が眠っているのだろうか。それとも、古代ローマの場合のように、水道の跡だったのか。あるいはこれらすべては、ある幻想的なオペラのための舞台装置にすぎなかったのか[18]」。

車で入った観察者の前に広がる、廃墟と化した都市のモニュメンタルで劇場的な光景は、のちにエリアス・カネッティがシュペーア（一九〇五～一九八一、ヒトラー政権下の建築家）の建築デザインについて述べたことをいくらか反映している。それらは永遠性や巨大といった特徴とは裏腹に、破壊された姿をもってはじめて荘厳な全貌が現れるような建築様式をすでに構想のうちに宿していた、というのだ。生まれ故郷の荒廃を眼の前にしたノサックをときとして襲うらしいこの奇妙な高揚感は、カネッティの叙述と軌を一にしている。未来を簒奪した千年王国の終焉は、廃墟によってはじめて見えてくるのだ。ただしノサックは、出口なしの状況からの個人的解放感と壊滅の状況との併存による感情的な葛藤にうまい解決を見い出せずにいる。起こった惨禍を前にしつつ、「死の市中」に近づいたときの「圧倒的な幸福感」、「〈さあ、やっと本当の生が始まるぞ〉と歓呼の声をあげないようにするのが骨の折れるほど真実な」[19]、スキャンダラスなその感情を、ノサックは罪悪感と責任感を自分も分かち持つという意識を研ぎ澄ませることによってのみ埋め合わせる。このような状況下では、破壊の遂行者について考えをめぐらすことも不可能だ。ノサックは、人々が物事をずっと深く洞察していたために、「これらすべてのことを引き起こす羽目になった当面の敵のことを考えるのは差し控えたのだ。敵というのも、せいぜいわたしたちを破滅させようと望んでいる目に見えない悪霊が操る道具にすぎなかった[20]」と述べる。フライジングの小室にいるゼレーヌス・ツァイトブローム（トーマス・マンの長編小説『ファウスト博士』［一九四七年］の語り手）と同様に、ノサックは連合空軍の戦略を神の正義による見せしめであると受けとめる。この報復行動は、ファシスト体制に責を負う国民への天罰であるというだけではない。個人、ここでは都市の破壊をかねてから待ち望んでいた著者が感じる贖罪への欲求でもある。「わたしはこれまで空襲のたびに、うんとひどくなったらいいという明確な願望を抱いていた。この願望は、天にむかってそれを大声で叫んだと言ってもよいほど明確なものだった。勇気があるからではなく、その願望が実現するかどうかという好奇心ゆえに、けっして地下室へはいかず、バルコニーに釘づけになっていたのである[21]」。「したがって」、とノサックは別のところで書いている。「自分の運命を強引に決定づけるために市の運命を呼び寄せたということになるならば、わたしは起立して市の滅亡に対して自分には責任があると告白せねばならない」[22]。こうした良心の探査のありかたは、生きのびた者が感じる咎めの意識、「犠牲者にならなかった」[23]ことの羞恥に由来するものであり、のちに戦後西ドイツ文学の倫理的次元の中心におかれることになる。生きのびた罪の省察としてもっとも説得力を持つのは、エリアス・カネッティ、ペーター・ヴァイス、ヴォルフガング・ヒルデスハイマーによるものだった。[24]ただこのことは、いわゆる〈過去の克服〉がユダヤ系作家の寄与がなければたいした成果をみずに終わったことをも示している。それはノサックが表明した罪悪感が、第三帝国崩壊後、運命を信じるある種の実存主義哲学に転じていったことからも明らかだろう。そこでは「無」に対して「沈着さを以てむきあう」[25]ことが目指され、またノサックが「わたしたちにふさわしい死に方」[26]というように、個人的な挫折の範疇のなかで思考されたのである。破壊と解放のふたつの経験のあいだの矛盾を解くための要諦は、死が約束されていることだった。ノサックのテクストの末尾でも、死が寓話的な姿をとって「毎日午後になると古いアーケードの道を通ってやって来」[27]、子どもたちを素敵な遊びに誘う。死を作家の想像の付添人とするイメージは、集団としての人々にはなしえなかった哀悼の隠喩であった――なぜなら、「母親にはそのうえやらなければならないことがたくさんある。洗濯、料理。そして合間に石炭を取りに地下室へ行かねばならな」[28]かったから（この哀悼の欠如については、アレクサンダーとマルガレーテ・ミッチャーリヒが、惨禍を経験したドイツ国民の心理状態について詳述した論考に詳しい）。語り手ノサックの憂鬱と対をなすこの皮肉っぽい超然さ（デタッチメント）は、カザックの小説の全編に流れている死のことさらな意味づけへの要請を阻むものであり、生き残れた者たちが平凡に生きつづけることに異を唱えないのだ。

こうして、出来事そのままの事実性を越えて個人的告白や神話的＝寓話的構造に転化するような行きすぎた箇所はいくつかあるものの、全体としてみるなら、ノサックのテクストは、あらゆる芸術家の想像をしのぐ経験を可能なかぎり中立に書きとめようとした意識的なこころみだといえよう。ノサックは自己の創作活動に影響を及ぼしたものについて一九六一年の論考で語っており、スタンダールを読んで以来、「できるかぎり簡明に表現すること、凝った形容詞や陶酔させるようなイメージや虚仮おどしのない、むしろ手紙を書くように、ほとんど日常の決まり文句で[29]」書くことを心がけていると述べている。集団としての惨禍と個人としての惨禍の同質化をめざしてきた伝統的な文学手法――トーマス・マンの『ファウスト博士』が時代の範例となる――がもはや許されないところでは、様式についてのこの信条は、壊滅した都市を表現するに力を発揮するものといえよう。旧来の虚構作法とはまったく対照的に、ノサックは小説文化の枠を破る歴史上の不測の事態にむき合おうとして、報告・手記・探究といった散文のジャンルで実験したのである。流れの背後の都市を描いたカザックの書物が、冒頭部で中立の報告体を維持しようとしつつたちまち小説的な相貌をおびてしまったのに対し、ノサックではのちの西ドイツ文学が範としたドキュメンタリーのトーンが広範に保たれている。小説を書き、読むための不可欠な前提が、社会的・文化的状況に親しみ熟知していることであるとするなら、ひたすら報告する立場を取ることは、異質な様相を呈した現実に即したものであろう。右のことは、やはりこのテーマにつながる散文「人間界についてのある異星人の報告」にも明らかである。「異星人の報告」とタイトルにあるように異質性をもつのは語り手ではあるが、ところがこの報告は、そんな異質性が生じる理由は、じつは著者が時代錯誤な人間に見えるほど人間が変化したからではないのか、という疑問を読者の胸に呼び起こす。語りのプロセスでの主客のあいだの大きな距離は、博物誌的な視点のようなものを感じさせ、その視点からすると、破壊とそこに生じた新しい生の仮の形は、「いまの形を壊し、人間という名前を捨て[30]」たらどうなるかという、生物学的実験でもあるかのような印象をあたえるのだ。ノサックは、報告の第一行によるなら、ハンブルクの滅亡を傍観者として体験した。空襲の直前、一九四三年七月二十一日に数日の予定で市のはずれから南へ十五キロにある荒野（ハイデ）の村に出かけたのである。荒野の風景の無時間性に、ノサックは「われわれ人間は童話（メルヒェン）から生まれ、ふたたび童話になるのだ[31]」という感慨を抱く。前後の文脈からすると、この感慨はヘルマン・レーン（十九世紀ドイツの郷土詩人）の牧歌というよりは、技術文明のあやうさ——住民の大多数はほどなく進化の段階を逆戻りして、採集生活者になってしまう——を想起させる。はじまりを告げた市の破壊は、荒野からはまるで自然のスペクタクルのように見える。サイレンが「どこか遠くの村で猫の声のように入り乱れてほえ」、飛来する爆撃機の編隊による轟音が「明るい星座と暗い大地の間」にただよい、俗に「モミの木」と呼ばれる照明弾が、「赤熱した金属のしずくが天から市の上に溶けてしたたるかのよう」に見えて、やがて「市の火災によって下から赤く照らされた」煙雲のなかに姿を消す[32]。あいかわらず審美的な要素が散りばめられた光景であるが、こうしてみると、惨禍の〈描写〉が可能なのは、そのただ中よりもむしろ周縁からであることはすでに明らかである。ノサックのテクストはそれゆえに地獄（インフェルノ）の反照を伝えているだけであり、自身による目撃証言もまた、攻撃が終わり、破壊の規模が徐々に明らかになってようやく始められるのだ。ハンブルクに戻る以前から、ノサックは近隣の市から救援に急ぐ消防隊とともにはやくも「周辺のあらゆる道路で絶え間のない車の波」がはじまったことに驚いていた。「昼となく夜となく、行くあても知らずにハンブルクから流れ出ていく脱出の波が。それは河床のない流れであった。ほとんど音もたてず、しかしとだえることなく、その流れはあらゆるものを呑み尽くしていった。そして不安は小さな水路を伝って、遠く離れた村々にまで滲透していった。ときたま、一人の避難者が流れてゆく途中で一本の枝につかまることができて、それで岸を見つけたと思うこともある。しかしそれはほんの二、三日あるいは二、三時間のことで、やがてふたたび流れに身を投じ、さすらいを続ける。自分が不安を疫病のようにまき散らしているとはだれも知らなかった。そしてその病気に触れられたものはすべて安定を失った」[33]。のちにノサックは、さらに、数え切れない人の群れが毎日出かけていたが、そうした外出は「なにかを持ち出すためとか、あるいは身内の者を捜すためとか」であったとしても、どうしても必要という外出はほとんどなかったという印象を述べる。「しかしまた、それが好奇心のための外出と主張するつもりもない。人々には中心というものがなくなってしまった。(…)あらゆる人が、なにか取り逃がしはしまいかと、ひどく気がかりになっていた」[34]。ノサックがここで報告している人々の目的のないパニック行動は、いかなる社会的規範にも則っておらず、ただ生物学的な狼狽の反応としてのみ理解できる。一九四五年秋の一か月半、ハンブルクほかイギリス占領地区の数都市を訪れ、現地取材によってイギリスの公衆に人道支援の必要性を訴えようとしたヴィクター・ゴランツが、同じ現象を書きとどめている。ヤーン体育館を訪れると、「そこに母親と子どもたちが宿泊していた。彼らはドイツ中を巡っている家なき群れの一単位であった。〈親戚を捜しに〉と彼らは言うのであるが、実際ないし大概は、落ち着きのなさに襲われて、とにかくじっとしてはいられないというのが理由らしかった[35]」。ここに証された極度の落ち着きのなさと移動性は、博物誌的な意味で、たえず先を急ぐ生物が逃げ道を断たれたさいにとる反射のかたちである。そしてそれは、前意識的経験として、狼狽から出発した新しい社会の力学に影響をあたえずにはおかなかった。作家ハインリヒ・ベルは、戦争につきもののたえまない移動は人類の不幸のとびきり特殊な一局面であり、平和に定住していた人々がふたたび一種の遊動民（ノマド）に戻ることだったとしている。そして毎年大量の人を国外へと押し流す戦後ドイツのせわしなさと旅行熱は、人間存在を最後に護っているもの、つまり住処が社会集団から奪取された歴史的時間の経験に根ざしている、とした[36]。そうしたときに頭をもたげる太古の行動は、文学ではこれまでなかなか語られてこなかった。とまれノサックは、文明の「いつもの仮装」が自然に剝がれ、「欲望と不安が恥を忘れて赤裸々に現れ[37]」たと指摘している。「この国家のはじめにはゴミをあさる民衆がいた[38]」とベルがのちに追想するように、そこに始まった生活の原始化は、集合的惨禍によって歴史が博物誌（「自然史」とも訳せる）に逆戻りする一点を示していた。廃墟と化した文明のなかで生き残った生命が集まり、あらたな時代でまた一から出直そうとするのだ。「ジャングルの中でのように、人々は戸外に煉瓦を積んで小さなかまどを造り、その上で料理をしたり熱湯による洗濯をしたりしていた[39]」が、それを見てもだれも驚かなかった、とノサックは記している。瓦礫の野と化した都市のただなかでまたじきになにかが動きはじめ、のちにクルーゲが書いたように、やがて踏みならされて瓦礫のうえに人の歩く径ができて、それが「ひょんなところでかつての道路網に繋がって[40]」いく事実は、ノサックの報告にとってはたいした慰めとはならないが、それも致し方はない。なにしろこの時点では、進化が逆戻りしたときに主導権をにぎる種族は、生き残った人間なのか、それともいまや市を支配するドブ鼠や蝿なのか、わかっていなかったのだから。この「新しい命」、すべての文明の悪夢である「文化の石の下で蠢いているおぞましいもの[41]」――ノサックの報告のもっとも凄惨なくだりがこの事態を表現している――に対する吐き気は、恐怖と一対になっている。火災旋風が起こした無機的な生の破壊――血の匂いのする暴力と血の匂いのない暴力というベンヤミンの区別（前者は神話的暴力を、後者は神的暴力をさす）によるなら、この破壊はなんとか神的暴力の概念にあてはまるのかもしれない――のあとには、蝿とドブ鼠による有機的な解体がつづくという恐怖だ。カザックの小説においても、生死を仕切る線をなす流れは、蝿たちに対する「境界にはなっていない[42]」。こうした極限状況のなかから書くには、著者はおのれの倫理的立場を定義しなおさないわけにはいかない。ノサックにとっては、顛末を報告しなければという気持ちだけが自分を正当化した。あるいはカザックは「忘却の手に帰する前に、ある種の出来事や現象を記録すること」と書いた[43]。このような条件下において、書くこととは、真実に利するために技巧を排し、「前史時代の恐ろしい出来事についてでも報告しているような熱のない話し方[44]」に移行する、命令法の行為となる。エリアス・カネッティは『断ち切られた未来』の一篇、蜂谷道彦の『ヒロシマ日記』についての論考において、これほどの規模の惨禍において生きのこるとはなにを意味するだろうか、とみずからに問うたうえで、それは蜂谷のしたためたような、緻密さと責任感とを特徴とする文章からのみ読み取れるものである、という答えを出している。「今日文学のどのような形式が必須であるか、しかも、ものを知りものを見る人間にとって必須であるかということについて熟考することに意義があるとすれば、この日記がまさしくそれである」[45]。虚飾をまじえぬ報告のかたちに含まれる真実という理念が、あらゆる文学的努力の究極の根底であることがわかるのだ。そこに結晶するのは、生き続けるのをなんらかのかたちで妨げそうな記憶を抑圧する人間の能力に対する抵抗である。世界に突きだされた人間は——とノサックにはある——「背後をふりむく勇気がなかった。なぜならうしろは一面の火の海だったから」[46]。しかるに、だからこそ想起すること、そしてそこに蔵(しま)われている客観的な情報を伝えることが、記憶の危険とともに生きる用意のある者の役目となる。ノサックの次の寓話に明らかだが、ここで危険と言ったのは、想起しつづける者は、忘却によってのみ生きのび得る他の者の怒りを買うからである。ある夜、生き残った者たちが火を囲んでいる。「そのとき一人が寝言を言った。なんと言っているのか、だれも聞きとれなかった。しかしみんなとても不安になり、身を起こし、火のもとを離れて、不安そうに冷たい闇に耳をすました。夢を見ている男を足でつついた。すると男は目を覚ました。〈夢を見ていたんだ。どんな夢か正直に言わねばなるまいね。わたしたちの後ろにある世界に行っていたのだ〉。彼は歌をうたった。火はおとろえた。女たちは泣き始めた。〈打ち明けよう、わたしたちはもはや人間ではない〉。すると男たちは〈彼が夢に見たとおりなら、わたしたちは凍え死んでしまう。彼を叩き殺してしまおう〉と口々に言いあった。そしてその男を叩き殺した。すると再び火は彼らを温め、みんなほっと安堵した」[47]。

想起を抹殺する動機は、不安にある。ノサックが別の短篇で示しているように、エウリュディケへの愛が、死の国の女神への熱情に変じてしまわないかという不安だ。(48)（ノサックの短篇「オルフェウスと…」では、冥界に降りたオルフェウスは、冥界で一瞥した死の女神ペルセポネに惹かれ、エウリュディケでなくペルセポネを求めてふり返る）その不安は、憂鬱（メランコリー）に肯定的な力（ポテンシャル）があるなどとは知りもしない。だが「服喪から慰めへの一歩は最大の一歩なのではなく、最小の一歩である」(49)というのが正しいとすれば、その正しさをみごとに示しているのが、ノサックの報告における、一群の人々が文字どおり地獄の死を遂げたことが想起されるくだりなのだ。その人々は耐爆の地下室に入っていたところ、扉が開かなくなり、両隣の部屋に貯蔵してあった石炭が燃えたために蒸し焼きになった。「彼らはみんな、熱い壁から離れようと地下室の中央へ逃れていた。そこに折り重なって倒れていた。遺体は炎熱のためにふくれ上がっていた」(50)。簡潔なコメントは、くびり殺された下女たちの運命について語るホメロスの一節を思い起こさせる。「女たちは首を一列に並べ、世にも惨めな最期を遂げよとばかり、どの女の首にも綱が巻きつけられている。暫くは足をもがいていたが、それも長くは続かなかった」(51)。ともに苦しむところから生まれた慰めに満ちた言葉は、ノサックの文章を読む者を、石炭の地下室の恐怖からそのすぐ裏手にあるコンヴェント公園へとじつに具体的に導いていく。「その年の四月にわたしたちはそこでブランデンブルク協奏曲を聞いた。その際盲目の女性歌手が、〈重い苦難の時代が今、再び始まる〉を歌った。彼女はチェンバロによりかかり、気どらずにしっかりと立っていた。そして彼女の見えない目は、あのころわたしたちがかまけていた取るに足らない事物を越えて、すでに今わたしたちが立っているこの地点へとむけられていたのかもしれない。そして今わたしたちを取り巻いているのは石の海ばかりであった」(52)。むろん、ここでも意味の構築――形而上学的な構築――はおこなわれている。しかしノサックが真実への意志に希望をつなぎ、大仰さを避けた語り口でこの両極にある緊張をもちこたえようとするその手法は、そのような推測の正しさを再度確かめるものである。

カザックの小説とノサックの散文の比較から明らかになったのは、集合的惨禍の文学的描写のこころみは、それが有効であるところでは、市民的な世界像にもとづく小説的な虚構の形式を必然的に打ち破るということだった。これらの作品の成立時にはそれが執筆の技法にとってなにを意味するかは見定めがたかったが、その後、ドイツ戦後文学が直近の歴史の衝撃を徐々に受けとめていくにつれて、少しずつ明瞭になっていく。一九七七年刊のアレクサンダー・クルーゲによる、きわめて複合的で一見異種雑多な書物『新しい物語たち　第一～一八冊〈時代の不気味〉』は、それゆえ旧来の文学の形式によって永くまもられてきた統合の誘惑にさからい、史実と虚構両方のテクストと写真資料を著者のノートに予備的に集め整理したものを、時をおかずに公開するというかたちをとっている。作品というよりは、文学的手法の一例として示されたものだ。広大な現実の領野におけるさまざまな矛盾を整理整頓して、創作者がひとつの写しを作る、という従来のイメージがこの方法によって覆されるわけだが、かといって、あらゆる想像の努力の出発点としての個人の当事者性、個人の関わりがこれによって軽視されるわけではない。むしろ逆に、一九四五年四月八日のハルバーシュタット空襲を扱った『新しい物語たち　第二冊』は、まさにこの点においてひとつの範例研究の性格をおびている。そこでは、ノサックにおいても決定的な点だった集合的経験に個人として巻き込まれるという局面が、分析的な歴史研究、および出来事の前史とその後の展開、いま現在とありうる未来の展望と関連づけることによって、少なくとも発見的な意味のある理解をはじめてもたらすことができる、ということが示される。ハルバーシュタットで育ったクルーゲは、空襲のとき十三歳だった。「爆裂弾の落下は強烈である」と『物語たち』の出だしにある。「一九四五年四月八日、そのようなものが落ちたとき、わたしは十メートル離れたところにいた」(53)。この箇所以外に、著者本人に直接かかわる言及はいっさいない。クルーゲが描く故郷の町の破壊とクルーゲ本人との関係は、失われた時を調査するときのそれである。当事者たちによって複雑な抑圧のプロセスを経、記憶喪失の手にゆだねられたトラウマ的・衝撃的な経験が、調査をつうじて掘り起こされ、歴史の瓦礫の影響下にあるいまの現実にもたらされるのだ。起こったことを回顧的に調査するといっても、クルーゲの場合はノサックと正反対に、著者が自分の両の眼で見、自分が記憶していることではなく、過去および現在の自身の身辺に起こった出来事に沿って書かれている。のちに示すが、総じてテクストの意図は、並大抵でない速度と範囲で破壊が起こったがゆえに現実的意味での経験というものは不可能であり、事後の学習という回り道によってはじめて可能になるのだという認識にもとづいている。

ハルバーシュタット空襲の文学的ドキュメントは、いまひとつの客観的な視点からも範例的な性格をおびる。ドイツ全土を計画的に破壊することの〈意味〉を問うた箇所である。カザックやノサックらの作家はこの問いを発しなかった。問うための情報が欠けていたからばかりではなく、個人的な罪悪感ゆえに不問に付したか、あるいは神の裁きであり下されてしかるべき罰として、破壊を神秘化してしまったからである。可及的多数のドイツの都市を絨毯爆撃するという連合空軍の戦略が、軍事的見地から正当化されるものではないことは、今日すでに異論の余地はないだろう。とすれば、クルーゲのテクストが示すように、ハルバーシュタットのごとき軍事経済的にも戦略的にもまったく無意味な中規模都市を空爆し無惨に壊滅させた具体的な一例は、技術的側面における戦争の力学を定める要因について、甚大な質問をつきつけるものとなる。クルーゲの報告は、《新チューリヒ新聞》の特派員が幹部将校にしたインタビューを含んでいる。両人はともに飛行機の上から空爆を目撃した。クルーゲが引用している部分は、主として〈士気（モラル）の爆撃〉と呼ばれるものについての質問である。ウィリアムズ空軍准将は、その意図を空爆の根拠となる公的な主張をもちだして説明する。「倫理的（モラル）理由から空爆をするのですか、それとも敵の士気（モラル）をくじくためにするのですか」という問いにこう答えるのだ。「士気をくじくために爆撃するのです。町を破壊することにより、抵抗する意欲を当該住民からのぞく必要があります」。ところがさらに迫ると、准将は爆撃によっては士気はくじけそうにないことを認める。「士気というのは頭とかここ、とか（といって自分のみぞおちを指す）にはないようですな。個人と個人のあいだとか、それぞれ別々の市の住民どうしのあいだとかにあるんです。これは調査をしたので幹部にはわかっております……。心とか頭はどうやら空っぽなんです。それも当然です。というのは、瓦礫の下になった人間はもう考えも感じもしない。そしてわれわれがこれだけ準備した攻撃をくぐり抜けて生きのびた人間のほうは、不幸だとかは思いもしないんですよ。ありったけの荷物は持って出た、しかし空爆の瞬間の印象はそこに置いてきたんじゃないですか[54]」。ノサックは破壊行為が命じられるに至った動機も合理的理由もまったく明らかにしていないが、一方クルーゲは、すでにスターリングラード攻防戦についての書物（『戦いの描写』、初版は一九六四年刊）がそうだったように、本書においてこうした厄災の組織的構造を説明しようと努めている。そして、空爆の無効性がすでにわかっていたにもかかわらず、行政が腰をあげずに、倫理的責任を問う声もないままそのまま事態が続いていったことを明らかにするのだ。

クルーゲのテクストは、不可逆的に進行する惨禍のなかで、これまで私たちにすり込まれてきた社会的行動様式がいかに通用しなかったかを示すことからはじまる。ハルバーシュタットの映画館〈キャピトル〉のベテラン従業員シュラーダー夫人は、同館が孜々として続けてきた日曜の上映プログラム――四月八日のその日には、ヴェセリー、ペーターゼン、ヘルビガー出演、ウキッキー監督の映画が予定されていた――が、より上位のプログラム、すなわち空爆によって頓挫する状態に直面する。パニックに駆られてなんとか事態を収拾しようとした夫人は、十四時の上映開始に間に合わせようと、瓦礫を片付けようとする。惨劇の場における行為の与え手と受け手のあいだの極端な乖離をまざまざと証し立てる行為であり、レポーターと読者は、「劇場右面が崩れ去ったことは、上映予定の映画とはなんの意味ある繫がりも、あるいはなんの筋書き上の繫がりもなかったのだ(55)」というほとんどユーモラスな見解に至る。クルーゲがつづけて紹介する、空爆後の一個中隊投入のエピソードも、同様に正気の沙汰とは思われない。兵士たちは「激しく損傷したものを含む百体の遺体を、一部は地面から、一部はかつて防空壕だったそれらしい窪みから(56)」掘り出して分類するように命じられたのだが、当時の状況下でその「作業」の目的はまったく不分明だった。ほかにも、軍の偵察隊に尋問されて、「燃える街を、厄災にあっているわが故郷の街を記録しようと思って、と」[57]語ったという氏名不詳のカメラマンの話も出てくる。シュラーダー夫人と同じく、このカメラマンも職業的本能にみちびかれている。最期を記録しようというその意志が愚かしいものと映らないのは、もっぱら彼の撮った写真（クルーゲはその写真を一～六として本文に組み込んでいる）が私たちのもとへ届いたという一点にかかっている。当時の状況下でそんな見込みはほとんどなかったのにだ。アーノルト夫人とツァッケ夫人は見張りのために教会の塔に登っている。折りたたみ椅子に懐中電灯、魔法瓶、ビール、サンドウィッチ、双眼鏡、無線装置で装備をかため、塔が足元からぐらぐら揺れはじめたと感じてもなお律儀にささやき声で報告をつづけ、足元の羽目板が燃えだしたときにようやく任務から離れる。結局、アーノルト夫人は教会の鐘をてっぺんに載せた瓦礫と燃えた木材の下敷きになって命を落とし、ツァッケ夫人は大腿骨を折って倒れていたところを、何時間も後にマルティーニプラン通りの建物から避難してきた人々に救助される。レストラン〈ツム・ロース〉に集まって結婚披露パーティをしていた一団は、警報からわずか十二分後、身分差もろとも――新郎は「ケルンの資産家」の息子、新婦はハルバーシュタットの「下町」[58]の出であった――ひとしなみに瓦礫の下となる。これらテクストを構成している数々の例は、大惨事に直面してなお、個人ないし集団が危険の度合いを測りそこね、社会の定めた役割行動から外れられなかったことを示している。惨禍においては、通常の時間と「感覚的に経験した時間」[59]とが乖離している、とクルーゲは言う。だから当事者たちは「あすの脳」を持たないかぎり「その十五分間にまともな非常措置を思いつくことはできなかっただろう」、と。むろん「あすの脳」をもってしても補えないであろうこの落差は、人間が惨禍から学ぶものはモルモットが生物学について学ぶのと同程度だ、というブレヒトの言葉の証左でもある。[60] また逆に言うなら、人間が引き起こす（ないし人間をおびやかす）実際の（ないし潜在的）破壊を前にしたときの人間の自律の度合いは、実験室の檻に閉じ込められた齧歯（げっし）動物のそれと五十歩百歩だということでもあろう。そうしてみると、スタニスワフ・レムの小説で、言語と思考の機械がこう自問するのも納得されるのだ——人間はほんとうに考えることができるのだろうか、それとも人間はその活動をたんにまねて（シミュレート）いて、そこから自己イメージを作っているにすぎないのだろうか、と。[61]

かくして社会的博物誌的に限定された人間が経験から学ぶ能力からするに、自身の一部が招来した災禍を人間が逃れるすべは偶然以外にはなさそうであるが、かといって破壊の条件をふり返って探究することが無駄であるわけではまったくない。むしろ事後の学びの過程——これこそが出来事から三十年を経てまとめられたクルーゲのテクストの存在理由（レゾン・デートル）である——こそ経験の抑圧に由来する不安に覆い尽くされることなく、人間の心にうごめいている願望を、未来を見通す力へとつなぐ唯一の方途なのである。クルーゲのテクストに出てくる小学校教師ゲルダ・ベーテの脳裡にも、同じような想いがある。とはいえ、とクルーゲは評している——ゲルダが思っているような「草の根作戦」を実行するには、「一九一八年以降、戦争に参加したすべての国で、ひとり残らずゲルダなみの、信念に燃える教師が七万人、各人二十年間、倦まずたゆまず教えつづけなければならないだろう」[62]、と。皮肉まじりではある。とはいえ、ひょっとすればあり得るかもしれない別の歴史をひらく視座は、いかに実現可能性は薄かろうと未来に働きかける真摯な呼びかけであると言っていい。厄災をもたらす社会機構——それは無限に繰り返され、ことあるごとに重大になっていく歴史の過ちによってプログラム化されてしまっている——をクルーゲが詳細に描写するのは、われわれがたえず引き起こす惨禍をただしく理解することこそ、幸福をもたらす社会機構の実現への第一前提であるという無言の希望からである。

しかし他方、クルーゲが見ていくとおり、産業界の生産情勢から歴史的に導き出される厄災の計画的構造からすれば、抽象的な希望の原理にはどうも分がないこともまた否めない。空爆の戦略が生まれるには、恐ろしいほどさまざまなものが複雑にからんでいる。爆撃手をプロの「熟練空爆官吏」にする養成過程、その官吏が「きれいに整えられた眼下の耕地」を見て、「家並みや広場や整った街区を故郷のものと取り違え[63]」ないようにすべきこと、心理的問題の解決（たとえば、爆撃手の役割はまったくつかみどころのないものであるが、にもかかわらず任務への関心を保っておくにはどうすればよいか、といったもの）、一都市に飛来する編隊に「二百の中規模企業[64]」が関わっている作戦をいかに円滑に遂行するか、といった問題、大火災や火災旋風に拡大する効率的爆撃のための技術的問題——こういった、攻撃を組織する側に立ってクルーゲが吟味していく諸要素からおしなべてわかるのは、知性と労力と資本をかくも大量に破壊計画に注ぎ込んだうえは、溜まりに溜まった力の圧力に押されて、なにがなんでも計画は実行に移されなければすまなかった、ということである。これについてのクルーゲの記述の白眉が、クルーゲが引用している一九五二年のあるインタビューにある。一九四五年にイギリス軍とともに西に去ったハルバーシュタットの記者クンツェルトが、アメリカ第八空軍准将フレデリック・L・アンダーソンにおこなったものだ。もしもシーツを六枚縫い合わせてマルティーニ教会の塔に登り、あらかじめ白旗を掲げていたら、市は空襲されずにすんだでしょうか、という軍事プロの視点からすると単純な問いかけに対し、アンダーソンが答える。アンダーソンは当初兵站（へいたん）の面からそのような行為は無意味であると説明していたが、この説明は、ついには理にかなった理屈のとんでもない理不尽が見えてくる次の発言で頂点に達する。積んできた爆弾はなんといっても「高価な品」である、としたうえで、「実際、山や野っ原にただ落とすなんてことはできませんよ、多大な労力を費やして故国で作られたものなんですからね[65]」と語るのだ。個人であれ集団であれ、責を負う者が逃れることのできないこの至上の生産命令――よかれと思っての命令である！――の結果が、クルーゲが百二、百三頁に添えた写真のごとき、眼前にひろがる焦土の都市なのである。写真下にマルクスの文章が引用されている。「産業の歴史と産業の客観的実在は、人間の意識の諸力についての頁をひろげた書物であり、感覚でとらえられる人間の心理である（傍点はクルーゲ）」。

ここに纏めたよりもはるかに詳細なかたちでクルーゲが提示している厄災の再構成は、何百万の人が非合理的な運命の打撃として経験したものの合理的構造を暴いたものとも言えるだろう。それはあたかもノサックの「死神とのインタヴュー」で、インタビュー相手にむかって、死神を寓意する登場人物が挑発して言う、「お望みでしたら、事業を見学なさってください。秘密なんかありませんよ。まさにこの秘密がないということが肝心なのですよ。おわかりですか[66]」にクルーゲが応じているかのようだ。ノサックにおいて如才ない事業者として紹介される死神は、アンダーソン空軍准将の態度と同じ、皮肉っぽいがまん強さで聞き手に説く。つまるところ、すべて組織の問題にすぎないのだ、しかもその組織とは集合的惨禍ばかりではない、日常生活の全領域にありありと現れているものなのだ、だからその謎を突きとめたければ、税務署とか出札窓口とかに行ってみるだけでいいのだ、と。人間が〈産み出した〉未曾有の規模の破壊と日ごろ経験できる現実とがこのように結びついているということ、これこそがクルーゲの作品において、著者の教育的意図の要点をなす。錯綜した言語モンタージュの細かいニュアンスのいちいちに至るまでクルーゲが終始注意を喚起するのは、現在と過去の批判的な弁証法を貫くことだけが、はじめから定まっている「致命的な結果」に至らないような学びのプロセスを導きうるということである。この目的にむけてクルーゲが用いるテクストは、アンドリュー・ボウイが指摘したように、回顧的な歴史記述のひな型にも小説的な語りのひな型にも当てはまらないし、また歴史哲学を開陳しようとするものでもない。むしろ私たちが世界を理解するそれらすべての流儀について省察する一形式だと言えるだろう。クルーゲの芸術は——芸術という概念をここでは別の用い方をするが——従来の歴史の宿命的傾向である大きな流れを、細部においてくっきりとわかるようにしたところにある。たとえば、ハルバーシュタットの市立公園内で倒れた樹々について述べた、「これらの樹が植えられた十八世紀には、この樹上が蚕たちの棲処であった[68]」といった注意書きがそれだ。あるいは次のようなくだり。「【ドーム路(ガング)九番地】空襲直後、窓台では選りすぐった錫の兵隊たちがひっくり返っていた。このほかの兵隊は、箱に入れて棚の引き出しにしまってあった。計一万二千四百体、ネイ元帥の第三軍団である。当軍団は冬のロシアにおいて、大陸軍から落後した兵士たちのいる東方を目指して、絶望的な進軍をつづけた軍団であった。全軍は一年に一度、待降節のおりに展示された。大軍勢を正しい配置に並べることができるのは、ひとりグラマート氏本人のみであった。氏は恐慌をきたして、最愛の軍団を去って逃げる途中、クレプスシェーレ通りで燃えているバルコニーに頭を直撃され、人事不省となる。すみずみまでグラマート氏好みのスタイルに染まったドーム路九番地の氏の住居はその後も二時間、無傷のまま静かに持ちこたえていたが、午後、時間の経過とともに徐々に熱せられていった。十七時ごろ、溶けて塊となった箱入りの錫の兵隊もろとも、住居は全焼した」[69]。

これ以上に簡潔な教材は書けないだろう。呈示というかたちによって、ドキュメントとしての資料にさまざまなベクトルをあたえるクルーゲの方法は、引用されたものを私たちの現在のコンテクストに移しかえる効果をもたらす。アンドリュー・ボウイは、クルーゲは「データを過去の惨禍のたんなる記録にしておかない」と述べている。「きわめて直接的なドキュメントは（…）テクストが引き起こす省察のプロセスによって直接的な性格を失う。歴史はもはや過去のものではなく、読み手が行動を余儀なくされる現在のものとなるのだ」[70]。こうした書き方によって読み手に自身の具体的な過去と現在のありよう、そして未来への展望を知らしめる手法は、クルーゲという著者が、どうやら間違いなく終末にむかっているらしい文明のいちばん周縁に立って、同時代人の集合的記憶の再生回復につとめる者であることを明らかにする。当時の人々は「明らかに生まれついての話し好きでありながら、想起する心の力を失ってしまっていた。それは壊滅した市域においていっそう顕著であった」からだ[71]。こうした教育的な仕事に没頭することだけが、直近の歴史的出来事を純粋に博物誌的に解釈する誘惑――それはクルーゲのテクストに頻出する、最後がすでにわかっているというサイエンス・フィクション的要素に見られる――に屈せず、歴史をたとえばスタニスワフ・レムのようなしかたで解釈することを可能にするのである。すなわち複雑きわまりない人間の生理学、肥大した精神の発展、技術的生産手段の発展にすでにはっきりと示されている、はじめから（アブ・イニシオ）進化のあやまちにもとづいていた人類発生の、破滅的な結果として。

哀悼の構築——ギュンター・グラスとヴォルフガング・ヒルデスハイマー

1．哀悼の不在と戦後文学の欠陥

「かりにイサクの背負った薪が燔祭(はんさい)の供物を焼くのに十分であるとしたら、人間は誰しも、我が身を焼く薪を持ち歩くことができるであろう」

サー・トマス・ブラウン『壺葬論、即ち、先般ノーフォークで発見された埋葬の壺に関する小論』ロンドン、一六五八年（生田省悟・宮本正秀訳）

一九六七年にはじめて打ち出されたアレクサンダーとマルガレーテ・ミッチャーリヒによる「喪われた悲哀」の仮説(1)は、いまでは——統計的に証明されたわけではないにせよ——戦後西ドイツ社会の精神状況をもっとも明快に説明した定説のひとつとなっている。「最大級の国民的惨禍ののち、死を悼む反応」が欠落していたこと、「強制収容所の死体の山、捕虜となったドイツ軍隊の消滅、ユダヤ人、ポーランド人、ロシア人何百万もの殺害のニュースや同じドイツ人の政敵殺害のニュースに対してむけられた驚くほどの感情の硬直」は、戦後の新生ドイツの内面に否定的な相貌を残した。それがいかなる範囲に及んでいたかは、いまようやく、ファスビンダーやクルーゲの映画などによる距離を置いた回顧によって、適切に理解できるようになっている。

　戦後に誕生したドイツ連邦共和国の社会は内面にゆがみがあった、との説のひとつの根拠としてあげられるのは、ミッチャーリヒ夫妻が言及しているわけではないが、集団として哀悼を制度化する動きがあったことである。国民哀悼の日（一九五二年に制定された両大戦の戦没者を悼む祭日。待降節の二つ前の日曜日）とドイツ統一の日（一九五四～九〇年まで七月十六日に定められていた西ドイツの祭日。一九九〇年以降は十月三日のドイツ統一記念日に移行）（冷戦時代、ドイツ統一の日には壁のむこう側の東の兄弟姉妹のために窓辺に蠟燭を灯すことになっていた）の不幸な制定は、裏返して言えば、自然なかたちでの哀悼がついに生まれず、哀悼をいわばお国がかりでおこなわなければならなかったことを示している。まともな〈国の祝祭日〉をもはや祝えない国民のために哀悼の指令を出したというのは、ドイツ国民が集団的憂鬱の状態に落ち込むこと（モーゲンソウ計画はその現実版だった）(2)をたくみに避けて、「憂鬱による自我の貧困化の体験から身を守る」(3)方向に心的エネルギーがむけられるようになったことの最初の徴候だった。

　ミッチャーリヒ夫妻は次のように指摘する。「われわれのイデオロギーが設定した目的によって生じた犠牲者を悼むという（…）道徳的な義務は、われわれにとっては当面、ただの表層的な心的現象にとどまった」。なぜなら、当時の状況下で――心理学の知見からすると起こりえた――精神的破綻が「まったく同種とは言えないものの、生きのびるための生物学的な防衛策にきわめて近い」機制や戦略によって抑え込まれたからである。外目にも見えるかたちで国家の存続が揺るがされ、国民ぜんぶが具体的に窮乏するなかで、おのれの罪に思いを凝らすことなどままならなかった状況下では、哀悼も憂鬱――これらは多少とも安定した社会を後ろ盾にしてはじめて耐えられるものである――も抑圧されるほかはなかった。この理由からミッチャーリヒ夫妻もまた、第二次大戦直後の数年における哀悼の欠落を、心理的に不適切な反応だったとして非難することはしていない。むしろ彼らが問題があるとするのは、「私たちの所業によって大量に殺害された同胞を悼む適切な喪の作業がその後もおこなわれなかった」ことである。そしてここで言われている欠落がどこよりもはっきり読み取れるのが、文学においてなのだ。通貨改革（一九四八年実施）後十年から十二年ほどのうちに成立した文学には、集合的罪に関わるような洞察も、なされた害悪は描写の必要があるとの認識も見当たらない。たとえば五〇年代の小説の多くには、私たちと同じ社会に生きていた人々の身に降りかかった出来事について書く代わりに、自己中心的な感傷といささか射程の短い社会批判が書かれている。新社会の良心を代表する宿命にあった五〇年代の作家は、まさにその社会同様に良心が麻痺していた、との非難は、してみると当たっているのかもしれない。

例外としてのノサック

起こった出来事に良心の咎めを感じ、それをいまなお意義あるかたちで文章にした数少ない戦後期の作家のひとりに、ハンス・エーリヒ・ノサックがいる。当時の彼の覚え書きには、若い同胞に対する生き残った者の責任、自分が犠牲者にならなかったことへの羞恥心、不眠の夜々、ものを考え抜くことの必要性、挫折こそふさわしい死にざまであることなどが随所に語られている。(4) ノサックは哀悼のさまざまなありようを理解するにあたって、ギリシャ悲劇の先例に学ぼうとした。また罪責感にはげしく怯えて背後を振り返ることをみずからに禁じ、それによって残された生命力でなんとか生きながらえた社会においては、「わたしたちの後ろにある世界」のことを口にした者が、一般の人々の弾劾にさらされることも承知していた。(5) ノサックは戦後に書くことの困難とは何かを誰よりもはやく意識していた——つまり、想起はけしからぬものであり、追想にふけるものはハムレット同様、新しい権力者の警告を聞くはめになることを。

いつまでも目を伏せて、気高い父上を
土の中まで求めてはなりません。わかっておいででしょう、
生きとし生けるものは、必ず死ぬ。
自然を脱して永遠へと旅立つのは、当たり前。(6)

息子を案ずる想いとことの露見を怖れる想いとが等分に混じったハムレットの母によるかなり婉曲なこの台詞のあとには、新王によるもっとあけすけな警告がつづく。「いつまでも悲しみの殻に閉じこもるのは／神を信じぬ根性曲がり」。重荷を負った政治共同体において、その成立に先立つ犠牲者のことを追想しようとする意志は、新秩序の正当性を疑うことに等しい。新たな秩序は、過去を非現実化して、おのれを戦勝国と同一化するしかなかったのである。

願望的人物像

一般のコンセンサスに逆らって、ノサックがハムレットに範をとった深い懐疑の姿勢を貫こうと努力していたころ、新生共和国を代表する作家たち（リヒター、アンデルシュ、ベルら）は、すでに良きドイツ人の神話の宣伝に手を染めていた。良きドイツ人はじっと辛抱して、すべてが過ぎ去るのを待つほかに選択の余地はなかった、という神話である。これによって流布された弁明の核心は、消極的抵抗と消極的協力は別物であり、その違いは大きい、というフィクションにあった。

この結果、五〇年代の文学作品の多数が、実直なドイツ男がポーランド娘ないしユダヤ娘と「たまたま出逢う」ラブストーリーでしばし飾られ、そこでは重たい過去が情緒的というよりは感傷的に〈消化〉されるとともに――ミッチャーリヒがその論考に添えたある病例のように――ファシズム体制の犠牲者について詳細を知ることが躍起になって避けられ、事実たくみに回避された(7)。個人心理学の場合、このふるまいは「家庭での役割パターンのなかで、いずれにせよわずかしかない愛著(あいじゃく)のしるしを保持すること(8)」に役だち、文学の面では、それは従来の語りの形式を保持することとなった。現実の犠牲者と同一化して哀悼するという、真正なこころみを盛り込むことのできない形式である。

同国人がご都合主義的に転向していくなかで、孤高の人として諦念し引き籠もり、義務を負わない私的な生き方をしながら人生を耐えていく無辜の人、といった下手な絵のような願望的人物像——生き残った者の葛藤についてもっと嘘いつわりのないことを知りたいと願う私たち読者がこうした願望的人物像でよしとするしかないことを、ミッチャーリヒはまた正当にも嘆いている(9)。実際にはそんな高貴な主人公のような人など、存在しなかったとわかっているにもかかわらずだ。「われわれの国における文学と政治のあいだの深淵は、そのままに残っている」とミッチャーリヒは六〇年代半ばに総括する。「現在まで、われわれの文筆家のだれひとり、その仕事をとおして、連邦共和国の政治意識や社会文化に影響を及ぼすことには、成功していないようにみえる(10)」。

とはいえ、ドイツ戦後文学には本質的な欠陥がある、というこの時点では疑いなく正確だったミッチャーリヒの診立てには、六〇年代に入って少なくともホーホフートのいろいろな意味で荒廃を引き起こした戯曲『神の代理人』(一九六三年刊。大戦中ローマ教皇がユダヤ人虐殺を知りながら沈黙していたことを批判した)が出て以来、一連の作家がドイツの負債を数え上げるようになったことは含まれていない。

こうした遅れの原因は、そもそも大規模犯罪のいきさつの法的な検証が遅れており、その検証を待ってはじめて、事実調査に不慣れな文学者たちが自国民のおかした大量虐殺の実態に気づいたところにあった。

フランクフルトのアウシュヴィッツ裁判を頂点とした訴訟で「人間殺戮の杓子定規な機械[11]」の効率性が明らかになるにつれて、戦後西ドイツ文学の主軸を担う作家の意識は政治化していった。その例がフランクフルト裁判を改心への一歩であると捉えたペーター・ヴァイスの『追究』(一九六五年)であり、また六〇年代半ばのハインリヒ・ベルによる『フランクフルト講義録』である。ベルの講義は、それ以前に書かれた自身の文学作品よりもよほど雄弁かつ詳細にドイツおよびドイツ人について物語るものであった。

ベルはこの講義で、ベルらしい率直さとあけすけさをもって「おびただしい数の殺人者が自由に大手を振って歩き回っている」が、「だれも彼らが殺人をおかしたことを証明できない」国における認識と解放の遅れをはじめて指摘する。そして「罪責、後悔、贖罪、認識といったものは、政治的なカテゴリーはむろんのこと、社会的なカテゴリーにもならなかった[12]」と述べる。ただしここでは、文学もまたおのれの洞察を述べるのを必要以上に長く差し控えていたことは言及されていないし、また政治的・社会的な硬直と地方的な偏狭さ——これはミッチャーリヒが「想起に対する頑強な自己防衛」に直結するとしているものである[13]——が、文学においても硬直と地方的偏狭として対をなしていることも言われていない。「破壊されたものの復興、産業力の再建と近代化——台所設備にいたるまで[14]」に国民が精力のありったけと企業家精神をかたむけたのと同様に、五〇年代の文学はいわば平行するかたちをとって、真実探究の意志というより経済分野における奇跡に対する一種のルサンチマンに動かされていた。ミッチャーリヒの論考で「消費の領域でははなはだしく感情を刺激されていながら、同時に政治的には無気力(アパシー)」と判じられた状況である。

《マラヒア神父の奇跡》（ベルンハルト・ヴィッキー監督、一九六一年の映画。教会の横にできたバーが神の奇跡によって孤島に移動されるが、今度はその跡地が奇跡の地として見せ物になり商業利用されるという経済成長や商業主義を皮肉った映画）のごとく不当な奇跡をいたずらに嘆くのではなく、この政治的無気力に抗して意識的に書くことが、六〇年代以降の西ドイツの文筆家の主たる課題となる。自由な物書きとしてのまさしく〈感情教育（エデュカシオン・サンチマンタル）〉がここでおこなわれるのだ。修業時代であって、多数の作家がこの後、一九六九年の選挙戦で政治的立場を旗幟鮮明にすることになる。

政治参加は、〈ドイツの民主主義は本物なのか〉という問いをはっきりと立てていた。ベルがたびたび警告したとおり、性急で短絡的な自己改革の姿勢は、政治的実質には現実が伴われているのだろうかという疑念を生んだのである。一九六九年にハインリヒ・ベルとギュンター・グラスが選挙戦に肩入れしたのは、両作家がこのままでは西ドイツ国民はこの先ずっとキリスト教民主同盟で満足してしまうとの懸念を抱き、ドイツ民主主義の今後の発展のために社会民主党政権の発足が決定的に重要であると考えたからにほかならない。

2. ギュンター・グラス『蝸牛の日記から』

ギュンター・グラス（一九二七〜）『蝸牛の日記から』の重要な一角をなす一九六九年の選挙遊説を記録した

部分は、社会民主党がきわどいところで勝ち取った勝利の高揚感に満ちている（この選挙によりヴィリー・ブラントを首班とする社会民主党と自由民主党の連立政権が誕生した）。そこではドイツ連邦共和国の民主主義の本道が、社会民主党の長い道のりと重なること、また険しい道のりの最後の部分で先達の文学者が果たした役割とも重なっていることがくり返し語られる。民主主義において重要なのは健全な経済だけではない、といういまや堅い確信は、そうした経験から出た結論のひとつであった。『蝸牛の日記から』において、グラスはこのことを語るために、経済的成功に支えられた国民の新たな自己意識が表出されている常套句を引いてテクストに添えている。

「……そして今やあれから二十五年。瓦礫と灰から蘇った。われわれは無から蘇った。そして今日再生したのだ。こう言っても不遜ではない。たとえ何が世界のいたるところで。だれも思ってもみなかった。どこへ出しても恥ずかしくない……」。

まったくもってそのとおり。高層建築が立ち、金を使った。こんなにたくさん、いやもっと多額の金を服の裏に縫いつけた。すべては走り、流れ、進み、潤滑油が自動的に差される。昨日の勝者どころか、神様もわれわれのところでクレジット契約を結ぶ。われわれはふたたび、ふたたびひとかどの者なのだ。ふたたびひとかどの、ひとかどの……(16)

常套句をずらりと並べたこの冷やかしに込められた問いは、国民(ネイション)の内面的な存在の根拠(アイデンティティ)にむけられている。出だしの数頁から諸要素がコラージュされていることにすでに明らかだが、この問いは、現在の成功体験といまだ判然としていない過去の負債とを組み合わせた表現のなかでしか答えられない。

こうしてドイツの選挙戦を記録した文学的政治的旅行記は、同時にダンツィヒのユダヤ人の脱出（エクソダス）についての報告になり、ダンツィヒに捧げられた作品が手つかずにした部分についての叙述となる。もしも迫害された少数者の運命をたどったこの部分がなかったなら、『蝸牛の日記から』は疑いなく薄っぺらい本に終わっただろう。具体的な追想という次元がつけ加わったからこそ、同書の中心をなす〈疑念（ツヴァイフェル）〉なるあだ名の学校教師の人生の物語も、別のレベルでなされる憂鬱に対する省察も、実のあるものになったのだ。地域の歴史として具体的に描かれているところでは、民族虐殺についての他のテクストに往々にして見られるように、〈ユダヤ人〉がいまなおギョッとするような抽象的な意味で扱われることはない。そうではなく、かつて同じ市民、同じ社会に生きていた同胞としてダンツィヒのユダヤ人、アウクスブルクのユダヤ人、バンベルクのユダヤ人がいたのであり、漠然とした集合体などではなかったことに著者も読者も気づくのである。

ダンツィヒのユダヤ人の運命

グラスが語り直しているダンツィヒのユダヤ人の物語は、ダンツィヒの事情に詳しい著者自身（グラスはダンツィヒ生まれ）ではなく、基本的にはユダヤ人歴史学者エルヴィン・リヒテンシュタインの研究におかげを蒙ったものである。それゆえにグラスがこの物語を――文章から読み取れるかぎり――無償で入手したというのは、にわかには信じがたい気がする。「私たちが一九七一年十一月五日から十八日までイスラエルにいたとき」とグラスは『日記』に挿入のかたちで記している。「エルヴィン・リヒテンシュタインは、彼の記録『ダンツィヒ自由市からのユダヤ人の移住』が近々テューービンゲンのモールから書物となって出版されるだろうと語った[17]」。事実、故郷から亡命先への、あるいは亡命先から故郷へのダンツィヒのユダヤ人の旅に真実味をもたらしている感銘ぶかい現実の細部は、ほとんどすべてがリヒテンシュタインの研究に拠ったものである。

このダンツィヒのユダヤ人コミュニティの移住の歴史を、グラスが構想のどの段階で執筆に取り入れたのかは、ここでは立ち入らなくてもよいだろう。だが確かなのは、『猫と鼠』（ダンツィヒを舞台としたグラスの小説。一九六一年）の語り手が、こういう話は自分によって語られるべきではないし、「ぜったいにマールケとの繫がりで書かれるべきでもない[18]」とした「暗い、複雑な歴史」についての章は、つまるところやはりグラス自身によっては書かれ得なかったということである。迫害されたユダヤ人が実際にどのような運命をたどったかは、ドイツ人文学者は依然としてほとんど知らないのが実情なのだ。だがカネッティの比喩を借りていうなら、どんな作家でも自分の鼻の悪癖にしたがって時代の深淵のうえを嗅ぎ回っているものなのだから、グラス本人が述べているように、彼らもやがて次のような「鼻で嗅ぎ回った洞察」をたずさえて我が家に戻ったのだった。「こぎれいで小さな一戸建て住宅ばかりでなく、至るところが、あるときはつんと鋭く、あるときはラヴェンダーにまぎれて甘ったるく、ここは冷え冷えしたなかに酸っぱく、あそこは心地よく混じりあい、その隣はなんとも言いようがなく、匂う。至るところで匂うのである。それは、ここや、あそこやその隣の地下室に死体が横たわっているからなのだ[20]」。

真実を突きとめるのは、ベンヤミンが憂鬱(メランコリー)を象徴する動物だとした犬の役目であることがここに明らかになる。カフカも知っていたとおり、犬は「倦むことない研究者と詮索家の象徴」なのだ[21]。「作家というものは」とグラスは憂鬱にひたりつつ自分の職業について省察する。「作家というものは、子どもたちよ、悪臭を愛し、悪臭に名をつけることのできる人だ、悪臭に名をつけることで、悪臭によって生きる人だ。それは鼻にたこを作るような生き方なのだ[22]」。しかしながら、こうした文学者としてのいわば体質的な探究への衝迫とは裏腹に、ミッチャーリヒが指摘するように「われわれがあの時、自分たち支配人種のために犠牲に供しようとしていた人たちの、人間としての現実的な姿は、いまもってわれわれの五感での認識のなかに浮かびあがってはこない[23]」のである。『蝸牛の日記から』でグラスが欠損をいくぶんでも埋め合わせることができたとすれば、それは一にかかってテル・アビブ在住の歴史家の努力のおかげなのだ。同時にこのことは、今日の文学はそれ自体では真実を発明できなくなっていることの証左でもあろう。

ヘルマン・オットという人物

『日記』の柱となるヘルマン・オットの物語は、受容する読者の想像力に著者が大きななぐさめを供している物語であるが、これも右のような理由から、批判的なまなざしに長くは耐えられない。ユダヤ人移住や選挙戦についてのドキュメンタリー的なくだり、作者の家庭生活についての報告、エッセイ的脱線とは異なり、この物語は――たとえすべてがそこに繋がっているにしても――まったくの創作である。ただし、批評家マルセル・ライヒ＝ラニツキーの体験であるかのようなほのめかしが何度もくり返されているために、これは当面隠されている。

ヘルマン・オット、またの名を〈疑念（ツヴァイフェル）〉は、高等学校の二級教諭であり懐疑論者である。ダンツィヒのユダヤ人が公立学校から締め出されて以来、ユダヤ人のローゼンバウム私立学校で教鞭を執り、ユダヤ人商店でサラダ菜を買いつづけ、そのために市場の女たちから「あの悪魔め（プフィ・ダイベル）」とののしられるこのヘルマン・オットは、事後の回顧による、著者の願望像である。それはホーホフートの『神の代理人』において、大天使ばりの青年神父リカルド・フォンタナが大量虐殺を前に善の存在を証し立てたことと、構造的に大差はない――その行為が自分の死を招いたリカルドと、結果はかなり違うとはいえ。

ヘルマン・オットがドイツ人であることに疑念が起きないように、グラスは自身の文学的分身（アルター・エゴ）のアーリア的系譜を十六世紀オランダのフローニンゲンまで遡っている。含意されているのは、ヘルマン・オットについて読者が知らされるほかのすべてと同様、より良いドイツ人は実在したのだ、ということである。虚構と記録資料を組み合わせることによって、いかにも本当らしく思わせる仮説だといえよう。わが国の戦後文学のなかでひっそりと英雄的生涯をおくっている善良で罪のないドイツ人は、はたして現実に、読者に示されたようなかたちで存在したのかどうか――この問いよりも客観的にみて重要なのは、彼らが発揮する力は、「不信心なレンベルクのユダヤ人」[24]のためにも聖金曜日の祈りを捧げることぐらいにとどまっているという、ベルの作品から読み取れる明らかな事実のほうだろう。

戦後のドイツ文学は、こうした虚構の人物――なかでももっとも尊敬に値する人物のひとりが、ギュンター・グラスの〈疑念〉であることに間違いはない――に倫理的な救いをもとめてきた。そしてそれに気を取られるあまり、体制に疑問を感じず順応していった人々の心情の、のちまで尾を引く深刻なひずみについて考えることを怠ってきたのである。

蝸牛の憂鬱というテーマをグラスに展開させることを可能にした教師〈疑念〉という仮構の人物は、したがって、目的であるはずの哀悼の意図を殺ぐアリバイのごとくにはたらく。そしてこのアリバイがあるために、エルヴィン・リヒテンシュタインの尽力とは裏腹に、ダンツィヒ・ユダヤ人の歴史の現実の諸相にはまたもや十分な光は当たらないのだ。歴史的現実と回顧的な虚構が衝突するところから一見真実らしさが生じている箇所のひとつに、ユダヤ人の児童の輸送についてのくだりがある。一九三九年八月までにダンツィヒを脱出してイギリス方面にむかうことができた児童だ。著者自身の子どもたちが次のように質問する。

「そしてその子たちはそこでも学校へ行かなくちゃいけなかったの？」
「みんなすぐに英語ができるようになった？」
「それでその子たちの両親は？」
「どこに泊まっていたの？」(25)

グラスはこれに答え、遊説にしばらく同行したダンツィヒ出身のイギリスのジャーナリストの話をする。十二歳直前に児童輸送によってダンツィヒを去ったこの人にとって、「破風、教会、路地、玄関前のテラスとチャイム、氷塊や汽水域の上のかもめ」といった故郷の心象は「壊れたおもちゃみたいにくっきりと残っていた」が、「疑念という名の高校二級教諭オットのことを彼は思いだすことはできなかった」[26]。この状況からはこんな問いが浮かぶのだ——虚構が実際の出来事よりも優位に立つことは、真実を書くこと、記憶をとどめようとすることにとってはかえって逆効果ではないのか、と。

社会民主主義にとっての選挙戦

ちなみにグラスが『蝸牛の日記から』で作り上げた願望像には、もうひとつドイツの社会民主主義のイメージがある。グラスはこの党のために三万一千キロにのぼる選挙遊説の労苦を引き受けていた。まず気づくのは、グラスが社会民主主義の前史やそのさらに前史について好んで言及しながら、この党が第一次大戦後のドイツでしでかした政治的失策についてはまったく口を閉ざしていることである。緑色の旋盤工の前掛けをかけていたアウグスト・ベーベル（一八四〇～一九一三。社会民主党創設者の一人）やエドゥアルト（エーデ）・ベルンシュタイン（一八五〇～一九三二。改革による社会変革をめざす修正主義を主張した）の話は出てくる。ヴィリー・ブラントがわが時計と呼ぶ、いまなお正確に時をきざむ懐中時計が、初代代表ベーベルの持ち物だったことも知らされる。高潔な過去を代表する人との家族的連帯という、美しい見ばえが取り出されるのだ。ところが評価の劣るたとえばふたり、エーベルト（一八七一～一九二五。社会民主党党首・ワイマール共和国初代大統領）やノスケ（一八六八～一九四六。共和国政府下で国防相。左派勢力がバイエルンに樹立したレーテ共和国などを弾圧した）のことはおくびにも出ない。

また、十九世紀にもっとも組織だった強力な社会主義運動を生んだ国が、いかなるわけでその二十年から三十年後にファシズムの手中に落ちてしまったのかも、若い読者層に説明されることはない。グラスが持ち出す社会民主主義の歴史的背景はいったいに露出不足で、絵になる細部と立派な人物を効果的に配しただけのものである。その人物のひとりが、社会主義者鎮圧法の時代、同志たちの範となって非合法で国を走り回った良きベーベル老なのだ。社会民主主義の新しい開拓者たちの選挙遊説が、これによっていくらか英雄的な色をおびて見えるのは当然であろう。

同胞愛と団結は、新しい政治の夜明けを望む〈四十男たち〉にときおりひろがる感情である。グラスによればこの世代は「数年にわたる戦争中の減産を、過剰生産によって埋め合わせ[27]」ようとしているかのような世代である。そして読者はこう思いそうになるのだ、よりよい政治のために現実に政治参加することで、著者はドイツの過去についていまだ胸にわだかまっている苦々しい思い——自身には罪はないとわかってはいても——への赦罪を得ようとしているのではないか、そしてグラスは活発な政治活動とあわただしい移動の旅——後者はベルが『フランクフルト講義録』でドイツ人の絶望の特殊な表れだとしたものである——によってのみ、罪と恥という単音節のしぶとい蝸牛のいくらか先にいることができるのではないか[28]、と。

デューラーのメランコリア

グラスは、自分は政治活動ではユートピアをあれこれ考えるよりも、現実的なものを見ると何度も語り、ときおり襲いかかる絶望をたくみに振り払っている。しかし、やはりデューラーの〈メランコリア〉（アルブレヒト・デューラーの銅版画《メランコリアI》。語り手は遊説の旅につねにこの複製を持参している）は道連れ（フェロー・トラベラー）として、また良心の咎めの天使として、グラスの旅行鞄に忍び込んでいた。

足元の地面に犬が横たわり、衣襞（いへき）のなかに全土の臭気を籠もらせているこの鬼気迫る女性〈メランコリア〉は、「こわばった指でコンパスを握っていて、円を描ききることができない」[29]のだが、おそらくそれは彼女が——著者と同じく——現実的な課題のかなたの、倫理の難題について想いにふけっているからだろう。書くことにより、書かない万人の代理となって、国（ネイション）の治療に一役買うことはできるのか、たとえば〈疑念〉が正体不明の蝸牛をリスベトの肌に這わせることによって、冷感の彼女を癒したように——といった問いにみる難題である。珍種のその蝸牛が憂鬱に苦しむリスベトから魔法のように吸い出した黒胆汁は、グラスの註記によれば十六世紀になってもなお、作家が創作に用いるインクの同義語として使われていた。むろん、創造的な仕事の手段として黒胆汁を用いる者は、その語りがむけられた者の持つ沈鬱を受け継ぐ懼れがある。

〈疑念〉の物語のその後の展開は、きわめてわかりやすくこれを描き出している。蝸牛を使った治療によって「憂鬱を治療できる」[30]ことを証したあと、著者は〈疑念〉を精神病院に十二年間入れ、そこで彼は「紙に何かわけのわからぬ文字を連ねながらぼそぼそつぶやいて」暮らすのだ。その後どういうわけか健康を回復し、西ドイツに移って、カッセルの文化担当官として新たな避難先を見つけることになる。

あまりにもめでたすぎる成り行きに眼をつぶるとすれば、おそらくこの物語が語るのは次のようなことなのだろう。労働の分配がおこなわれている社会において、倫理の難題を託されている作家は、集合的良心に襲われ、デューラーのように——以下はグラスに引用されているくだりである——裸の自画像のなかで、右手の人差し指で自分の病巣を指し示すことになるのだ、「黄色の印をつけた所、指で示しているあたりが痛むのです[31]」、と。

自身の哀悼の哲学の象徴としてデューラー的な苦悩の表明を選んだことにより、グラスは医学的にも決着のついていない問い——憂鬱は体質的なものか、それとも何かに対する反応なのか——を超越する。グラスのドイツの旅の記録が対照的な哀悼への脱線がなければもっとずっと思慮の浅い本になったことがそれゆえ確かであるとするなら、同時にその脱線にどこか難儀してこしらえたもの、お義理で果たした歴史分野の作物らしきところがあることも、また否むことはできない。

対照的に、その本来の質からして当然あたえられてしかるべき注目も称讃も受けていないヴォルフガング・ヒルデスハイマー（一九一六〜一九九一）の小説『テュンセット』は、哀悼の中心から生まれた作品であるように思われる。

3. ヴォルフガング・ヒルデスハイマー『テュンセット』

匿名者による良心の声

不眠と気鬱に悩まされている、この延々たるモノローグの話し手の物語は、「時効にかかり、年金のついた犯罪者たちが、義理の子どもたちや孫たちに囲まれ[32]」てさぞや安穏と暮らしているであろう時代——戦後のいつのときか——に端を発する。その時代、姿の明らかでない、明瞭なのはただ声だけという語り手は、ドイツでまだ生きようとこころみている。ハムレットと同じように、ある状態に不吉な正当性を感じ、そのために落ち着かず心をかき乱されているこの名前のない語り手は、せっせと夜中に電話帳をめくる。この国のいたるところに隠されている共犯者の意識、共謀者の意識を嗅ぎつけたいという誘惑に逆らえないのだ。はじめは無作為に電話していただけだったが、やがてたまたま判明した手がかりをたどるようになってからは系統立てて、彼は堅実な市民生活を営んでいる人々にむかって「何もかもが露見してしまいましたよ」、という言葉を電話口で告げるようになる。するとそれを緊急のメッセージと受けとめる者が、慌てふためき、たとえばバイオリンのケースを小脇に抱えて家を飛び出して、そのままどことも知れぬ地平線のかなたに姿を隠してしまう――クライストの戯曲『こわれ瓶』で、瓶を壊した犯人が実は自分だったことが露見して、姿をくらます裁判長のアダムのように。

この行為を続けるうちに、語り手は――ほとんど偶然にといってよいのだが――罪を負った同時代人の良心の匿名の代理者となる。男は自分が引き起こしたグロテスクな喜劇を少なからず愉しみながら、いわばたわむれ半分にこの役割をこなす。ところがある日、どんなかすかな音も聞き逃さない、極度に過敏になった耳が自分の受話器にカチリという怪しい音を聞きつけ、追跡のこの実験的なシステムが、いまや逆向きになって、自分に跳ね返ってきたことに気づくのだ。

ハムレットの夜々

そうなると男は、「不安を感じないあの連中が仕事にかかっている夜々の静けさに対する不安」[33]にまたしても激しく突き上げられ、恐怖から逃れようと「他の国」へ引っ越す。そしていまそこから語りかけているのだが、この「他の国」はアルプスの奥地だろうと見当はつくものの、語り手の姿かたちと同じく伏されており、読者に明かされることはない。だが話が展開するにつれて、そこは――ハムレットも知ってのとおり――旅人がいったん行ったらもう戻ってこない場所、つまりは亡命と死のメタファーであることがわかる。

心情的に追いつめられた主人公はいまやそこの住人となり、夜中に屋敷を歩き回って、戦慄の過去についての出口のない連想にふけりながら、憂鬱の砦から私たちに語りかける。彼にとってその過去は、ハムレットの父親の姿をとって踊り場にひそんでいる。しかし犠牲と迫害の弁証法を自分の実験によって身をもって知っている男は、亡霊が命じる復讐をしりぞけ、罪を犯すことを自覚的に避ける。かつてドイツにいたころ、罪ある輩の眠りを覚ますのに用いた電話は、いまは「聞き耳を立てるだけ、ときどき、過ぎていく時がたったひとつ立てるジーッという静けさに耳を傾けるだけ[34]」に使うのみだ。

隙あらばつけこもうとするハムレットの父の亡霊のまなざしをくぐりぬけながら、語り手は自分自身の父のことを思い起こす。彼の父は「ウィーンかヴェーザーラントのキリスト教徒の家長たちによって撲ち殺された[35]」のだが、踊り場に立って「復讐の機会をうかがったりはしない」のだ。しかし、語り手がこの不在の模範像に倣って復讐を控えるからといって、夜な夜な徘徊する哀れな魂は救われるわけではない。それゆえに彼は一心に、切々と、シェイクスピア劇のあの冒頭でデンマークの衛兵が待っているごとくに、雄鶏が時をつくるのを待つ。周知のように、鶏が鳴けば、亡霊が消え失せるというのだから。

とはいえ、『テュンセット』の語り手には、「キリストの生誕を祝う季節がやってくると、あの夜明けの鳥は一晩中歌うそうだ[36]」といった『ハムレット』に表された敬虔なキリスト教徒の希望は閉ざされており、救済によって過去の悪夢から解き放たれる見込みもない。それどころかこのテクストでは、キリスト教的な希望に不信がつきつけられている——まずは数々の夜のうちの一夜、語り手に罪の赦しを乞おうとするアルコール浸りの家政婦セレスティナの悲惨な姿をつうじて。ついで、同様に頼まれもせずに彼を訪れ、のちに吹雪の中で凍死するシカゴ出身の福音書振興協会長ウェズレイ・B・プロスニッツァーの姿をつうじて。そして枢機卿が手を差し出し、その手に嵌(はま)っている指輪に防衛大臣がいましも接吻しようとしている写真が載った一九六一年の新聞記事の切り抜きをつうじて。雄鶏の鳴き声は、したがってより高い意味での新たな日のはじまりを約束するのではなく、耐えるべき夜々の次の到来までの短い中休みにすぎない。そしてそれらの夜々は、カフカが書いているように目覚めているときと眠れぬときとに分かれているのだ。(37)

憂鬱の儀式

救済が不可能であるとの認識は、憂鬱という凝然とした状態に対応する。この状態は独自の儀式によって苦悩や〈陰鬱な疾患(フェラル・デイジーズ)〉——ロバート・バートンの著書『憂鬱の解剖学』(一六二一年)にたびたび言及されている——を和らげることはできるが、それらから解放することはできない。この本の語り手の場合、〈憂鬱の儀式〉は真夜中に電話帳や時刻表を読むことであり、地図を広げてはるかな遠い国への想像の旅を計画してみることである。デューラーの版画《メランコリア》でも、おそらくは背景に描かれている海のかなたにそのような遠い国があるのだろう。一生涯憂鬱とつきあい続けたロバート・バートンと同じように、この語り手もまた「宇宙論に喜びを感じる(…)が、地図と絵はがきによってしか旅をしたことがない」(39)男である。彼は七人が眠れる大きさの夏用ベッドに身を横たえ、さまざまな道筋を経てすべてが同時に起こる黒死(ペスト)の物語などについて思いをめぐらすのだが、このベッドもバートンの書物と同じ世紀(十七世紀)に由来するものである。「世界は激しく移ろい行き、残された時間は短く、私たちの思いを達する余裕などありえない[40]」ことへの恐怖がはじめて口にされた、不安に満ちた時代だ。こうした意識に出立した語り手が想念のなかで漂っていく先に見えてくるのは――これまた『ハムレット』を思わせるが――憂鬱に覆われた、眼下はるかに広がる世界、「寄生者たちの這い回っている死せる球[41]」の姿である。その球の引力は失われ、消尽されてしまっている。この冷え冷えとした距離、語り手がかくもあらゆる地上の生に背をむけているこの距離は、憂鬱の弁証法におけるひとつの消尽点であろう。

憂鬱を引き起こす土星が支配する状況のもうひとつの側面は、ベンヤミンが言うように、この惑星の重く乾いた性質からの連想によって、苛酷で実りのない農業労働にさだめられた人間を指している[42]。語り手が見たところ唯一の実利的な仕事として薬草を栽培しているのは、たまたまではないのだ。乾燥させ、入念に調合したそれらの薬草を、彼はミラノやアムステルダムばかりか、ドイツのハンブルク、ハノーヴァーなどの高級食品店に送っている。そこにはオフェーリアが手書きした「ローズマリー、花言葉は〈記憶[43]〉」といった言葉がしたためられているのかもしれない。

真闇の理想

外の生きた社会との最後のわずかな関係がもうひとつ表しているのは、人間の集団から少しずつ、徐々に離れていきたいという想いである。物質から遠ざかる傾向がそれを補完しており、その象徴的な現れとして、テクストには——語り手の価値観によればきわめて高い価値を持つ——一枚の絵が出てくる。黒ずんで真っ黒になり「かつて何が描いてあったのか、かすかな手がかりさえつかめない(44)」絵だ。ジャン・ガスパール・ミュレなる署名のあるこの絵がその一例だろうが、アドルノが『美の理論』で言うように、「黒の理想」は「抽象化作用のもっとも深い衝動のひとつ(45)」である。この衝動にしたがうこと、「星も光も目に映らないところ、何ひとつないところ、何ひとつ思いだすこともないゆえに、何ひとつ忘却することもないところ、夜があるところ、何ひとつないところ、何ひとつなく、無があるところ(46)」へ行くこと——闇のなかで望遠鏡をのぞき、星と星のあいだの空間を探っている語り手の心にうごめいているのは、この深い情動なのだ。

しかし語り手自身が十分に承知しているように、完全な真闇の理想を探すくわだてには成算がない。なぜなら視野から星を締め出そうとしてレンズの視界を狭めれば狭めるほど、宇宙のさらに奥をのぞき込むことになり、するとこれまで遠い闇のなかにあった天体があらたに輝き出てくるからだ。とすれば、ここでおこなわれていることは、よく言われるようなニヒリズムとは何の関係もない。むしろそれは、語り手の想像のなかで「黒く厚く、だんだん厚く、また長く(47)」なり、彼の憂鬱が「三途(さんず)の川の辺(ほとり)にぬくぬくと生い茂る雑草(48)」のごとくにしっかりと絡みついている、あの黒い点への接近——死への接近である。それは挑発の身振りであって、屈服とはまったく異なるものである。

ほかでもない憂鬱こそが、死との契約を結ばない。「死は陰気な現実のもっとも陰気な代表者(49)」であることを憂鬱が知っているからだ。それゆえに憂鬱は、カフカの『城』の冒頭で自分から橋をわたって未知の土地に入っていく旅人と同様、相手の領地に侵入することによって死を手なずけることはできないかと考える。

憂鬱が探ろうとしている土地は、『城』では雪に降り込められた、凍りついた風景として眼前に広がる。それにぴたりと対応するのが、『テュンセット』で語り手が訪れようと考えている、ノルウェー北部の場所テュンセットである。テュンセットは終点のひとつ前の駅である。その次の駅レーロースは、「そこは地の涯へと至る道の途上の、最後の宿営地のようにしてある。そのあと道は、荒涼とした地域のなかに消えていく。なにが起こるや知れない、おどろおどろしい地域なので、その地域への進出は年々延期され、野営地は変じて永遠の秋の屯営地となってしまった。そこには目的をすでに見失ってしまった老いゆく学者たちが住む。彼らは目的を忘れ、今では漠然と憂鬱の地理的な淵源を求めているが(…)すでに久しく追跡していながら、依然としてつかんではいない(50)」。

〈冷女(カルテ・マムゼル)〉

憂鬱気質が想いにふけりながらおのれの故郷とみなすこの荒涼とした/もてなしの悪い地帯(ウンヴィルトリッヒ)は、その意味からして死の世界の前庭であるばかりではなく、私たちすべてが終始不吉な女からもてなしを受けているような場所である。ヒルデスハイマーは最近公表した書簡のなかで、友人のマックスに次のように打ち明ける——その女はきまって真夜中過ぎにぼくらのところに給仕に来る、と。名前は〈冷女(カルテ・マムゼル)〉。名はそのまま職業を表しているのであって（カルテ・マムゼルは冷肉料理の調理・配膳係の女性のこと。マムゼルはマドモワゼルの訛）、ちなみにグラスもまたこの女性によって〈メランコリア〉を思い起こしている。カルテ・マムゼルのつとめは——とヒルデスハイマーはやや意地悪く説明する——サラミの薄切りを丸める、冷えたアスパラガスにハムを巻く、オリーブにザルツシュタンゲンを刺す、チーズをスライスする、胡瓜を扇に切る、トマトを八つ割りにする、花型ラディッシュを作る、タマネギを輪切りにする、賽の目ゼラチンを皿のうえから撒く、薄切りハムやチーズをレタスの上に載せるなど。自分がだれを相手にしているのかをマックスが見極められるよう、ヒルデスハイマーはマムゼルの正体についてさらに注意を付け加える。「いいかい、彼女はドイツの出身だ。その名のとおり、なかなかに冷たい。とりわけ肩がね（「冷たい肩を見せる」は「よそよそしい態度を取る」を意味する慣用句）」。

　この料理女をそれと見極めるための情報がまだ必要なら、あとひとつ付け加えておこう。彼女の義姉妹のひとりは、すでにカフカの最前の小説でおなじみなのだ。貴紳荘（ヘレンホーフ）を営んでいるのがその女である。「主君の宮廷（ヘレンホーフ）はどこも寒く、明けても暮れても冬である、というのも正義の太陽は彼らから遠いからである、だから延臣どもは寒さと恐怖と悲しみのためにふるえているのである」[52]。冷女（カルテ・マムゼル）の義姉妹、このすきま風の吹き込む場所を仕切る女は、豪華でふるびた衣装のぎっしり詰まった戸棚を自分のものだと語る。彼女は——死神夫人（マダム・ラ・モール）は、誰かを連れにいくときにはきまって衣装を新調するのだ。衣装はそのあと、すでに戸棚に掛かっているほかの衣装といっしょにされる。だから彼女は、測量士Kにむかって、仕立屋として彼女に仕えないかと誘うのである。不名誉な誘いである。彼のほうはおのれの使命を鑑みて、ご辞退申し上げざるを得なかった。

小兎の子、ちい兎――詩人エルンスト・ヘルベックのトーテム動物

近年の文学で引きも切らずに読まれているものの大多数は、数年後にはもう味が失せてしまう。なんにせよ時の経過に耐えたものは私にとってごくわずかしかないが、そのうちの一つにエルンスト・ヘルベック（一九二〇〜一九九一）の詩群がある。一九六〇年ごろからオーストリア、グッギングの精神病院において書かれたものである。

ヘルベックの常軌を逸した言葉のすがたに私がはじめて出会ったのは、一九六六年のことだった。いまも憶えているが、マンチェスターのライランズ図書館で悲運の作家カール・シュテルンハイム（一八七八〜一九四二）についての論考を書いていたころ、いわば頭の休養として、ｄｔｖ社のペーパーバック『統合失調症と言語』をときおり手にとり、そこに紹介されていたこの不幸にも不幸な詩人ヘルベックの、明らかに行き当たりばったりに綴られた謎めいた言葉の形象から放たれる輝きにくり返し感じ入ったのである。「とわなる雪　氷は凍（いてつ）かせ」や、「青。赤い色。黄の色。暗緑。天空　ギリシャの（エレーノ）」（エレーノは神話上の人物、ギリシャ人の祖ヘレーンか。形容詞と解し、ギリシャの深い青い空

を含意するとも読める）といった語列は、私にとって、いまもなお息をのむような別世界へのとば口に位置している。

あちこちに見受けられる微妙な歪みとしずかな諦めが思い出させるのは、かつて、マティアス・クラウディウス（一七四〇～一八一五。ドイツの詩人。シューベルトが曲をつけた「死と乙女」がある）が半音ひとつ、延音（フェルマータ）ひとつによって読者に一瞬わずかに宙に浮く感覚を起こすことができた、あの流儀である。たとえばエルンスト・ヘルベックは書く――〈明あかと　ぼくらは　読む　霧の空に　／　なんという　冬の日々の　厚さ。だろう。〉文学においてこれほどの遠さとともに、これほどの近さが表された例はどこにもなかっただろう。ヘルベックの詩はさかさまの遠近法によって、私たちに世界を見せる。極小の丸い像のなかに、あらゆるものが詰まっている。

驚くべきは、基本的なことについて述べた彼の数少ない文章のなかで、ヘルベックが詩論ものしていることだ。「詩は」とヘルベックは書いている、「スローモーションで歴史をかたち造る口頭の形式である。（…）詩はまた現実への嫌悪であり、現実より重い。詩は学校生徒に権威を伝える。学校生徒は詩を学ぶ、それは書物のなかの歴史である。詩は森にいる動物から学べる。名高い史家はガゼルである」

エルンスト・ヘルベックは、生涯のおおかたを精神病院で過ごし、オーストリアとドイツの民族の歴史の場にじかに居合わせることはほとんどなかったが、〈帝国首相Ａｄ．ヒトラー〉のこと、ヒトラーを迎えたウィーンの熱狂、その他過去の祝祭事のことは記憶していた。ヘルベックのクリスマスの詩には、おきまりに従って雪と蠟燭のともしびが言及されているが、ほかにも旗、戦争、没落といったものが暗示されている。

ゲッベルス流の、かろうじてクルーゲやライツ（エドガー・ライツ［一九三二～　］映画監督・作家）が記憶に呼び戻してくれた戦時のクリスマスは、ヘルベックの詩においていま一度きらめきを放つ。「記名簿に」（「肝に銘じて」とも解せる）という詩は次のようにはじまる——「夜が明ける　ドイツの善女　／　樫　死んだ　去りし異教徒は」。プロたちによる罪と過去の廃棄処理よりもよほど省察をもたらしてくれるというものだ。歴史的年号となった一九八九年（ベルリンの壁崩壊の年。翌年に東西ドイツ統一）にヘルベックが次の詩を書いていることに、私は不気味をすらおぼえる。

剣はドイツの厳粛なる
兵器でゴート人と
遠土のゲルマン人に
使われている、いま
も。このドイツ全土
（ゲルマニア）で。

だが私がここに記したいのは、民族の歴史についてのエルンスト・ヘルベックの見解についてではなく、みずからの家族史と出自を込み入った神話的な言葉つきによって描き出そうとしたヘルベックのこころみである。ギーゼラ・シュタインレヒナーは、『言葉の狂れ＝逸れ（フェア＝リュックング）』において、ヘルベック作品のすみずみに人間化された動物の肖像がちりばめられていることを指摘した。その一因はとりあえず、主治医が患者に「シマウマ」「キリン」といったタイトルをあたえて詩作させたことにある。ヘルベックはあたえられたテーマにおおむね忠実に書いたから、結果として大量の動物寓話が成立したのだ。皮肉なこととはいえ、それは案出された分類学の正しさを大筋で認める教科書といったものだった。「カラスは敬虔な者をみちびく」「フクロウは子ども好き」「シマウマは広い野原を走る」「カンガルーが支えに手をついて立つ」――いずれにも、きわだって不穏なところはない。しかしヘルベックはいくつか動物図鑑に載っていないような未知の生き物について書いていて、それらは動物がおたがいにそれほど違わないこと、また人間もとどのつまり、自分で思い込んでいるほどには動物とそう違わないことを感じさせる。作家フランツ・カフカのシナゴーグでと同様、ヘルベックにおいても、読者は半分羊で半分猫のような生き物に出会う。

それら奇体な動物よりもいっそう謎めいているのが、ヘルベック作品における象徴としての兎（ハーゼ）である。兎にはおのれの出自への問いが結びつけられているのだ。自身の前歴について、ヘルベックはきわめて大雑把な、突飛なことしか述べていない。家族や親戚にかかわることは、彼にはことごとく霧に包まれているようである。「質問があります！」とヘルベックは書く、「義理の息子の子とは、その兄弟の義理の父ですか？　しかとわかりません！　お教え下さい、よろしく」。事実、生涯を独身で通すしかなかったヘルベックにとって、こうした関係のなかでもっとも見当のつかないのが結婚生活であった。結婚生活については漠然とした、まったく他愛もない言及が二、三あるのみである。

結婚はあらゆる意味で男女の
模範である。たいてい結婚し

式を挙げる。まず
婚約　そして。結婚が長続きすればするほど
存在はより短くより長い。兎
とかの。

「そして」のあとになにが起こるのか、書き手は想像できないか、想像したくもないのだ。しかし一方で、結婚生活が兎のようなものを生み出すことは知っている。生殖行為がいかなるものかはやすやすとは描写できない。性行為というよりは、自然に増殖するとか、手品みたいなものに思われたのかもしれない。

手品師が手品でものを出す
小兎、布、卵。
なんども手品をする。
シルクハットに布を入れ
また引きだす
温和しい兎がいる。

シルクハットから魔法のように取り出される兎は、書き手がそこに自分を重ねているトーテム動物であ

ることに疑いはない。ヘルベックは生まれついての兎唇で、何度か手術を受けている。先天的な障碍ではあるが、統合失調症が発症し特殊な形を取るうえでおそらく決定的な役割を果たしていた兎唇は、ヘルベックにとって、おのれ自身の目印だった。ヘルベックはこの傷のことを幼年期よりもさらに以前にさかのぼって考える。〈胎児(エンビュロ)〉について詩を書くように言われたとき、この聞き慣れない語を忘れ、かわりに自分に近い身内として、エンピュルムという名の生まれてこなかった架空の動物について書いた。

われらが母ばんざい！　母胎のなかで
そだっていく子。私が
エンピュルムだったとき、彼女は
私を手術した。私は自分の鼻(ナーゼ)を
忘れられない。可哀想なエンピュルム。

ギーゼラ・シュタインレヒナーは、エルンスト・ヘルベック論において先在性のトラウマ形成について論じ、そのトラウマがのちに傷ついた主体にとって自分自身の神話になったことをはじめて指摘してみせた。そのさいシュタインレヒナーは、一九七〇年前後にヘルベックが三頁にわたって書いた自伝的な記述を取り上げている。十一歳のときマイヤーなる団長が指揮するボーイスカウトに入団したが、ほかの者が〈鷲〉組や〈雄鹿〉組だったのに対し、自分は〈鳩〉組だったというのだ。

ボーイスカウトとは、人間がトーテム動物の名前で自分を分類する最後の組織のひとつであるが、この奇妙な事実よりもいっそう重要なのは、わずか数行しかないこのボーイスカウトの思い出において、ほとんど失文症（文法にかなった文が作れない障碍）的な文脈で、ヘルベックが〈動物族〉（Thierenschaft［英語なら"beastship"］）というまことに奇妙な語を持ち出していることだ。現代の正書法では追放されてしまった無音の〝h〟の字を含むこの古い綴りの語（ヘルベックがThierと表した〈動物〉は現正書法ではTier）は、人類がまだ言語を使えなかったはるか以前の時代を想起させる。

人類史における古層の思考法や秩序の体系は、しばしばいわゆる精神病者のなかに見つかるものである。その意味で、ヘルベックが意味したものを明らかにするために、トーテム的想像の基本原則に立ち返ってみることはけっして的外れではない。ギーゼラ・シュタインレヒナーは、兎唇をヘルベック自身が見い出した自己分裂の象徴であると解釈した。そしてこの関連で、クロード・レヴィ＝ストロースの見解をあげて詳述している。レヴィ＝ストロースによると、アメリカ・インディアンの神話では、兎唇は生まれてこなかった双子の痕跡とされる。ひとりの人間にふたりが宿っている、この二重性によって、裂けた顔を持つ兎は崇高な神性の持ち主となり、天と地を媒介する者になる。とはいえ救い主として召命されることは、選ばれた存在として救済史に連なることであると同時に、世俗の世界においては排斥され迫害される役回りを負うことにもなる。救世主の使命感よりはむしろ侮蔑された者の悲哀を感じていたであろうエルンスト・ヘルベックが、あるときタイトルをあたえられて書いた詩に四つの感嘆符を打ったのはゆえなきことではない。「兎!!!!」はこんな詩である。

兎は勇敢な動物！
罠にかかるまで
走る。耳をぴんと立て、
音をうかがう。兎には――――休む
ひまがない。走れ走る走る。
あわれな兎！

神話において兎に付与されている能力と無力、勇敢さと臆病さが表裏一体をなす矛盾した性質は、ヘルベックが自身の象徴である兎にあたえた性質に重なる。

自伝的な記述のなかには、ヘルベックが暴動と「銀不足」の時代と名づけた時代に、母親が「兎をさずかった」とする記述がある（これについてもすでにギーゼラ・シュタインレヒナーに指摘がある）。むろん、時節がら不足していた食糧の足しに「兎をもらった」ないし「兎を持ってきてもらった」の意味である。しかしヘルベックの表現では、兎を得たことが、母親が子を「さずかった」ことを暗に指しているかのようだ。

この兎は父親が見守るなか、母親によって殺され、耳まで皮を剝がれる。兎のローストについてはまったく言及されず、最後にエピソードの顚末として、次のような告白がつけ加えられるのみだ――「兎はうますぎた」。この「すぎ」という二文字のなかに、エピソード全体の寓意（モラル）が蔵われている。分身であり同じ名をもつ兎をいっしょに食べたがゆえに、犠牲者としてだけでなく加害者として家族ぐるみの犯罪に関わっていること――自身が社会の暗い陰謀にいかに加担しているかの、まことの尺度がそれなのだ。辛い運命を説明するためにヘルベックが用いた哀れな兎の伝説は、読む人が読めば、紛れもない受難の物語である。「苦悩が大きければ大きいほど」とヘルベックは書いたことがある。「詩人は大きくなる。仕事はつらくなる。意味は深くなる」。(「詩人は大きくなる」はヘルベックの原詩では「詩人は小さくなる」)

スイス経由、女郎屋へ——カフカの旅日記によせて

先だって知り合いのオランダ人女性が、前年の冬プラハからニュルンベルクまで電車の旅をしたと話してくれた。その旅のあいだ、カフカの日記を読みながら、ときおり眼をあげて窓のむこうを飛びすぎる雪にながながと見入っていたという。古風な食堂車は、襞の入ったカーテンと赤っぽい光を放つテーブルランプが、ボヘミアの小さな売春宿の窓を思わせた。読んだなかで憶えているのはただ一箇所、列車に乗り合わせた客が名刺の角で歯の掃除をしていたとカフカが書いているくだりのみで、それも描写がとくに注目に値するものだったから記憶に残ったのではなく、彼女が本を数頁めくったところで、となりのテーブルにいたおやと思うほど恰幅のよい男が、見たところまったく放心のていで名刺を使って歯をほじくりだしたのに愕然としたからだった。この話がきっかけで、私は久しぶりにカフカの日記をひもとくことになった。一九一一年の八月から九月にかけて、マックス・ブロートとともにプラハを発ち、スイスと上部イタリアを経由してパリに旅したときに、カフカがつけていたものである。それはまるで私自身が登場人物

のひとりではないかと思えるほどに、すみずみに現実感があった。〈マックス〉（ゼーバルトの通称でもある）がたびたび登場したせいもあるのかもしれない。車室で婦人の帽子がマックスの膝の上に落ちてきたとか、マックスがフランツに置き去りにされて、「閑散としたカフェテラスの端の暗がりで、ひとりざくろシロップ（グレナディン）を飲んでいた」とか。だがそれだけではなかった。その昔にふたりの独身男がした夏の旅のさまざまな経由地は、私にとっても、妙なかたちで後年のどんな場所よりも親近感があったのである。雨をついて夜のミュンヘンを車で走ったときの記述――「タイヤがアスファルトの上で映写機のようにカタカタ鳴る」――だけで、私自身のはじめての旅の記憶がひと続きの流れになって甦ってくる。一九四八年だった、戦時捕虜を解かれて帰郷したばかりの父とともに、W村を出、プラットリングの祖父母の家にむかったのだった。母が私に緑色の上衣（ヤンケル）を仕立て、格子縞の生地で小さなリュックサックを縫ってくれた。三等で行ったと思う。ミュンヘンの駅では、駅前広場に立つと巨大な瓦礫の山と廃墟が見え、私は気分が悪くなって、カフカがマックスといっしょに手と顔を洗ったと書いている「個室洗面所（カビーネ）」のひとつで吐いてしまった。カフカはそれから夜行に乗り、カウファーリング、ブーフローエ、カウフボイレン、ケンプテン、インメンシュタットからまっ暗なプレアルプスの山地を抜けて、リンダウにむかう。リンダウでは真夜中過ぎにプラットホームでいつまでも歌が歌われていたというが、この情景も私には手に取るようだ。リンダウの駅はいつ行っても酔っぱらいの行楽客がたむろしているのである。同様に「まっすぐ独立して立っているような印象で、街路をなしていないザンクト・ガレンの家々」が、エゴン・シーレが描いたクルマウ（現チェスキー・クルムロフ）の街の絵のように谷の斜面に沿って並ぶさまは、私が住人として一年間街を歩き回った景色そのままである。そもそも「ツーク湖の暗く、起伏の多い、森に覆われた岸辺」（それにカフカにはこうした記述のなんと多いことか）といったスイスの風景に対するカフカの評からして、私自身が幼時にスイスへ遠足に行ったときのことを想起させた。たとえば一九五二年の日帰りの旅――S町からバスに乗って、ブレゲンツ、ザンクト・ガレン、チューリヒ、ついでヴァーレン湖岸を通り、ライン渓谷を抜けて帰ったのだった。当時のスイスはいまほど車が走っていなかったが、それでもシボレー、ポンティアック、オールズモビルなどアメリカのリムジンは結構いたから、まったく別世界の、ユートピアにでも来たかのように感じたものだが、それもまたカフカがマジョーレ湖を走る税関ボートを眼にして、ネモ船長と太陽世界の旅を思い出したのに相似していた。

十五年前に私がいくつかの面妖な冒険をしたミラノで、マックスとフランツ（このふたり組はフランツの創作ではないかとすら思えてくる）は、イタリアでコレラが発生したことを知って、パリに行くことに決める。ミラノのドーム広場の小さなカフェで、ふたりは仮死と心臓刺胳について喋る。仮死も心臓刺胳も、形骸化し数十年前からもはや死に体になっていたハプスブルク帝国にあって、人々の心に取り憑いていた特殊な観念だったのにちがいない。カフカは、マーラーも心臓刺胳を望んだ、と書いている。マーラーはそのわずか数か月前、一九一一年五月十八日にレーヴ・サナトリウムで没していた。ベートーヴェンの臨終のときと同様、街を雷雲が覆って土砂降りの雨が降ったときだった。

いま私の前には、マーラーの写真をおさめた出版ほどない写真集がひろげてある。遠洋航路に出る大型船のデッキで椅子に掛けているマーラー、トープラッハの家の近所、あるいはザントフォールトの浜辺を散歩しているマーラー、ローマで通りすがりの人に道を訊ねているマーラー。その姿はやけに小さく、みすぼらしい旅芸人一座の興行師かなにかのように見える。そういえば私がマーラーの音楽のうちでもっとも美しいと感じるのは、ユダヤの村の音楽師の奏でる旋律がはるか遠くに消え残っている箇所なのだ。つい先だっても、北ドイツのとある町の歩行者専用区域で、私はリトアニアの音楽師がそっくり同じ響きを奏でるのに聴き入ったのだった。ひとりはアコーディオン、もうひとりはへこんだテューバ、三人目はコントラバスを持っていた。その場に釘づけになって調べに耳をかたむけるうちに、かつてヴィーゼングルント（アドルノのこと）がマーラーについて書いていたことが腑に落ちた。マーラーの音楽は、張り裂けそうな心の描く心拍の曲線なのだと。

パリの数日、ふたりはやや沈鬱な気分でいろいろな観光をしてから、恋の幸福を求めて、「合理的な調度」で「電鈴」を備えた売春宿に行く。そこではすべてがさっさと進行し、気がつけば、あっという間にもとの往来に立っている。カフカは書いている――「あそこで女たちをじっくり眺めるのは難しい。（…）記憶に残っているのは、ちょうど真ん前にいた女だけだ。歯がところどころ欠けていて、背伸びをして、恥部のあたりにこぶしを丸めて服をとりつくろい、大きな眼と大きな口を同時にすばやく開けたり閉じたりした。ブロンドの髪はくしゃくしゃくしゃだった。痩せていた。帽子を取ってはいけないことを忘れるのではないかと心配。手を帽子のつばからもぎ取らなければならない」。女郎屋にもそれなりの作法（コム・イル・フォー）があるのだ。「孤独な、長い、無意味な帰路」という言葉で締めくくられている。マックスは九月十四日にプラハに戻る。カフカはその後一週間にわたりチューリヒのエルレンバッハ自然療法療養所に滞在する。「クラコフから来たユダヤ人の金細工師と連れになった」と着後カフカは書く。すでに世界各所を旅して回っているこの若い男に出会ったのは、パリからチューリヒへの旅路だろう。トランクは小さいが、汽車を降りるとき、重たい荷物を運ぶような持ち方をする、とある。「長い、縮れた、ときたま指で梳いただけの髪。眼に強烈な光、ゆるやかに曲がった鼻、こけた頬、アメリカ風に仕立てたスーツ、擦り切れたシャツ、ずり落ちた靴下」。旅職人なのだ——この男はスイスでどんな体験をしてきたのか？　われわれの知るかぎりでは、カフカは初日の夜、サナトリウムの昏い小庭をそぞろ歩く。翌日——「だれかがコルネットで吹く《魔法の角笛》の一曲に合わせ歌わされつつ、朝の体操」。

夢のテクスチュア——ナボコフについての短い覚書

『記憶よ、語れ』というはっきりとテーマを打ち出した表題のついたナボコフの自伝（一九六〇年。邦題『ナボコフ自伝　記憶よ、語れ』大津栄一郎訳、晶文社）の冒頭に、まだうら若いと思われる青年が、自分が生まれる数週間前に両親の家で撮影された映画をはじめて観て恐慌をきたしたという話が語られている。スクリーンに震えている映像は、どれをとっても自分がよく知るものだった、すべてに見憶えがあり、すべてが正しかったが、ある事実が彼をひどく不安にした。いつもいたところに自分がいない、おまけにどうやら家の誰ひとり、彼がいないのを悲しんでいる様子がないのだ。混乱した眼には、階上の窓から手を振る母親の姿が、別れを告げているしぐさのように映る。そしてベランダに置かれた新品の乳母車を見て、彼は慄然とする——その乳母車は、わがもの顔に入り込んできた柩のような気配をただよわせていたのだ。しかも空っぽであって、あたかも出来事が逆戻りして、その不吉な容れ物に納められていた人間の骨まで無に帰したあとのようだった。ナボコフがここに示唆しているのは、未生（みしょう）以前を想起することによって予感された、死の経験である。その経験が、彼を家族といながらにしてある種の亡霊とするのだ。みずから語っているとおり、ナボコフはくり返し私たちの生の前と後ろにひかえる暗闇にいくばくかの光を当て、またその暗闇から私たちの不可解な存在を照らし出そうとした。したがって私見によれば、霊の研究ほどナボコフが熱心に取り組んだものはないのであって、蝶や蛾の学問に寄せるあの周知の熱意も、彼にとってはおそらくそのひとつの脇道にすぎなかったのである。ともあれ、彼の散文のもっとも素晴らしい箇所には、人間の現世の営為がいかなる分類学にも載っていない外部の種によって逐一眺められていて、おりおりそこの使者が生者のくり広げる芝居で客演していくのだ、といった印象をあたえるものがある。彼らは私たちの眼には出自も目的も不確かな、はかない透明な存在と映るだろうが、彼らから見れば私たちも同じように見えるだろう、とナボコフは考える。いちばん遇いやすいのは夢のなかで、そこは彼らが生前一度も行ったことのない場所だったりする。黙ったまま、悩ましそうな、沈鬱な様子で、この社会から締め出されたことが辛いらしく、それゆえに――とナボコフは書く――死が暗い汚点か、恥ずかしい一族の秘密かなにかのように、少し離れて坐って、きまじめな顔つきで足元の床にじっと眼を凝らしている。彼岸と此岸を行き来する者についてナボコフがめぐらす思索の淵源は、ロシア十月革命とともに跡形もなく消え去った彼の幼年期の世界にあった。いわば理想郷（アルカディア）である。克明に浮かび上がる記憶とは裏腹に、ナボコフ自身、それがほんとうに存在していたのだろうかとときおり首をひねった。何十年にわたる歴史のテロルによって出自の地と永遠に切り離された状況下で、心象の逐一を呼び起こすことが激しい幻影痛をともなっていたことに疑いはない。たとえ配慮を要するさまざまな理由から、喪われたものがアイロニーのプリズムを通してしか眺められなかったとしてもである。『プニン』の第五章では、さまざまな声を介して、亡命の途上で失われるものがいかに多いか、生活上の事物だけでない、なによりも自分が現に存在することの確信が失われるのだということが延々と語られる。すでにガーニン、フョードル、エーデルワイスといった初期小説に出てくる若い亡命者たちが、外国の新しい環境よりも喪失の経験にはるかに強い刻印を受けていた。彼らは望まずして間違った場所に行き着き、貸家や下宿の一室にあって、空気人間として、いわばこの世の外で不法滞在めいた余生を送っている。一九二〇年代、亡命先のベルリンで現実の外に生きていた著者と同じように。こうした土地になじめない者が持つ独特な存在の希薄感をことのほか的確に表現したのが、ナボコフがなにげなく漏らしたひと言だと私は思う。自分は当時ベルリンで撮影された映画――ドッペルゲンガーや幻影が頻出することで知られていた――のいくつかに、いわゆる礼服のエキストラとして出演したことがある、というのだ。この発言のほかにはまったく立証できないそれらの幻像が、脆いセルロイドフィルムにまだかすかに姿をとどめているのか、それともとうに消えてしまったのかは定かではないが、私には、ここにナボコフの散文にも見られる幽霊めいた特徴が垣間見える気がする。たとえば『セバスチャン・ナイトの真実の生涯』（一九四一年、邦訳は富士川義之訳、講談社）。語り手のVが兄セバスチャンの来歴を探ってケンブリッジ大学時代の友人と会って話をする場面で、Vは、炉のゆらめく焔に照らされた部屋のなかを兄の霊魂が歩き回っているような感覚を抱く。この場面にはむろん、十八世紀と十九世紀に合理的世界観が拡大するのと平行して隆盛した幽霊譚がこだましていよう。ナボコフはこうした道具立てを好んで用いた。たとえば地面に渦を巻く土ぼこり、説明のつかない空気流、不思議な虹色を放つ光、謎めいた通信、奇妙な偶然の出会い。『セバスチャン・ナイト』の語り手Vは、ストラスブール行き列車の車中で、ジルバーマンと名乗る男と差しむかいの席に座る。「列車が一目散に日没にむかって走りつづけて」いくなか、男は夕映えのなかでぼんやりした影像になっていく。職業がら旅する人であるこのジルバーマンは、ナボコフの書物において語り手の行く途をたびたび横切る安らぎなき霊のひとりなのだ。あなたも旅行者なのかと訊ねるジルバーマンに、語り手Vは肯い、ではどこへ旅をするのかと重ねて問われて「過去へ」と答えると、ジルバーマンは即座にその言葉を理解する。霊と作家との出遇いは、過去――みずからの過去と、かつて愛した人の過去――に心をかけることによって起こるのだ。かくして、消え去った夜の騎士、セバスチャン・ナイトの真実の生涯を書き記そうとするVは、手記をしたためる自分を兄が肩越しにのぞき込んでいるような気がしてならなくなる。そうした気配はナボコフでは驚くほど頻出するのだが、それはおそらく、父の殺害と弟セルゲイの死のあと――セルゲイは一九四五年一月、ハンブルク近傍の強制収容所で衰弱により死んだ――暴力的に命を絶たれた者たちがずっとそばにいる（プレゼンツ）というおぼろな感覚を持つようになったためであろう。ほとんどそれとわからないほどの微妙なニュアンスや視点のずらしによって眼に見えない観察者を持ち込むのは、これに呼応した、ナボコフのもっとも重要な語りの技法のひとつである。この観察者は物語の登場人物よりも、そればかりか語り手や、語り手にペンを執らせている著者よりもどうやら俯瞰がきくのだ。この技巧が、ナボコフが世界と世界のなかの自身を上から見下ろすことを可能にする。事実ナボコフの作品には、一種の鳥瞰によって書かれた章句が数多く存在する。二台の自転車と一台の自動車が反対方向からあるカーブに近づいてくるところを、薬草採りをしていた老女が道路のずっと上の方から目撃する。もっと高いところ、天空の青い塵からは、飛行機のパイロットがその街道全体と、十二マイル隔たっている二つの村落を見下ろす。そして私たちがさらに上空高く、どんどん空気が薄くなっていくところまで昇っていくことができるなら——とこのくだりで語り手は語る——山並みの全容、べつの国の遠い市（まち）を見ることができるかもしれない、たとえばベルリンを。鶴の眼で眺める世界である。オランダの画家たちはたとえば〈エジプトへの逃避〉を描くとき、この眼をもって、おのれを取り巻く低い地上の平坦なパノラマの上空にみずからを浮かべた。同じように、ナボコフの場合、書くことは希望によって高みへと運ばれるのだ——心を集中すれば、すでに地平線のむこうに没した時の風景を俯瞰のまなざしのなかにいまいちど捉えられるのではないか、という希望によって。しかも時を宙づりにする欲望は、忘却の彼方にある事物をくっきりと鮮明に呼び起こすことによってのみ実現されることを、ナボコフは大半の作家よりよく知っていた。ヴューラの別邸の浴室の床の模様、お気に入りの場所だった薄暗い手洗いに腰を掛け、夢想にふけりながら少年がのぞき込む浴槽から立ちのぼっていた白い湯気。額をついて寄りかかるドア框（がまち）のふくらみ——わずか数語の的確な言葉とともに、黒いシルクハットから飛び出す魔法でもあるかのように、幼年時代の全宇宙が不意を打って私たちの眼前に姿を現す。暗闇のなかを、雪花石膏（アラバスター）の台の付いた大振りのオイルランプが動いていく。ゆっくり浮遊するように近づいてきて、ゆっくりと下に降りる。手袋をはめた召使いの白い手、いまは記憶の手が、円卓のまんなかにランプを据える。そのようにして、私たちはナボコフが宰（つかさど）る降霊会（セアンス）に居合わせるのだ。見知らねども親しい人や物が、聖トマス・アクィナスこのかた真の顕現のしるしとされる明澄（クラリタス）の耀きをまとって現れ出る。このような幻視の瞬間にむけて書くことは、たとえナボコフにせよ、きわめて骨の折れる作業ではあった。最後のカデンツァに至るまでリズムが整い、重力が乗り越えられ、いまや著者自身もいわば肉体なき身となって、一筋縄ではいかない文字の橋を渡って彼岸へとたどりつく、そこに至るまでには、わずかな語の連なりに何時間も費やされたのである。しかしそのこころみが首尾よくいけば、滔々とした行の流れに運ばれて、あらゆる驚異のつねでどこか超現実的な空気のただよう燦然たる王国へと至り、絶対の真実が姿を現すのを目の当たりにするのだ。『セバスチャン・ナイトの真実の生涯』の末尾にあるごとく、「そのかがやきのなかで目眩く思いをすると同時に、その完璧な単純性のなかでほとんどくつろいだ心地」になりながら。そのような美しさを動作させるには、ナボコフによれば、また救済論によれば、なにも大がかりなことは必要でなく、私たちの脳裡に閉じ込められてぐるぐる廻っている思考をひとつの宇宙のなかに解き放ってやる、ほんのささやかな精神の揺らしだけでよい。そこではよい文章がつねにそうであるように、すべてがそれぞれおさまるべきところにおさまっている。作家がこうした文章を作り出すときの方策を、ナボコフはかつて不可視の手によって動かされ、指し手自身がコマのひとつであるチェスのゲームに比したことがあった。セバストーポリの錨地から蒸気船がゆっくりと海に出て行く。岸からはなおボルシェビキの革命の音が――斉射や喧噪が聞こえてくる。だがすでに船のデッキでは、チェス盤をはさんで父と息子がむかい合い、白のクイーンが支配する亡命という鏡の世界、ひたすら後ろざまに進む生にかるい目眩の起こる世界に没入している。「人の生は昼と夜のチェス盤　／　運命が戯れるは、駒ならぬ人　／　あなたに動きこなたに動き、王手し、弑し　／　そしてひとつまたひとつ、筺にもどって横たわる」。ケンブリッジ大学、トリニティ・カレッジの遠い先達であるエドワード・フィッツジェラルドが訳出した十一世紀ペルシアの右の詩（ハイヤーム『ルバイヤート』より）に表されたこの永久運動に、ナボコフは間違いなく賛意を表したことだろう。亡命このかた、ナボコフは地上のどこにも安住の地を持たなかった。イギリス時代しかり、ベルリン時代しかり、イサカでは借家に住んで、ひんぴんと引っ越しをくり返した。最後に住んだモントルーで、パレス・ホテル最上階の桟敷席から地上の邪魔物をこえて雲海と湖のかなたに沈む夕陽を望見することができたとき、この場所が幼年期のヴューラの住居以来、どこよりも似つかわしく好ましい住まいになったことは確かである。また一九七二年二月三日にナボコフを訪れた女性シモーナ・マリーニが伝えるところでは、同様にナボコフお気に入りの移動手段はロープウェー、とりわけチェア・リフトであった。「朝陽を浴びてこの魔法のような座席に乗り、谷と樹木限界のあいだを宙に浮いていく、そして私の座った影が——亡霊じみた手に亡霊じみた捕蝶網を持って——地面に横むきの影絵となり、紅日蔭（べにひかげ）や豹紋蝶（ひょうもんちょう）が舞っているなかをゆるゆると花咲く斜面をのぼっていくのを高みから眺める、これぞ心愉しい、ことばの最良の意味で夢のような心地です」。ナボコフはさらにつけ加える。「いつか、背中につけた小さなロケットに運ばれて山より高く直角に飛び上がったら、この蝶採り男は、さらに霊妙な夢の材料に出会うことでしょう」。最後に滑稽にひっくり返されたこの昇天の光景は、もうひとつの光景を呼び起こす。ナボコフの書いたなかで、もっとも美しいくだりだと思う。『記憶よ、語れ』の第一章の末尾で、ヴューラではしばしばくり返された光景を描いたものだ。たいてい昼どき、ナボコフ一家が中二階の食堂で食卓を囲んでいるときに、村の農夫たちがなにかの用件をもって領主の館へやってくる。父ウラジーミル・ドミトリヴィッチが食卓から立ち上がって嘆願者たちのもとへ話を聞きに行き、そして代表一行が満足するようなかたちで話が決着すると、いい旦那さまは一同の力を合わせて宙に放り上げられ、落ちてくると受けとめられるのを三度くり返す、それが慣いだった。「食卓の私の席から」と、ナボコフは書いている。

ふいに、おどろくほど見事な空中浮揚の一例が西の窓ごしに見えるのだった。白い夏服を風にさざ波立たせながら、父が、一瞬、その窓枠のなかに浮かびあがった。端正な落ち着きはらった顔を空にむけ、手足は奇妙なほどしどけなく、中空に堂々と肢体をひろげていた。目に見えない農民たちの力強い掛け声にあわせて、父はそんな格好で三たび宙を舞った。二度目は最初よりも高く、最後にいちばん高くあがるときには、まるで永遠にそうしていそうに、夏の真昼のコバルト・ブルーの空に背をもたせていた。そのときの父は、衣を風になびかせて気持ちよさそうに教会の丸天井に浮かんでいる、あの天国の住人のひとりのように思われた。その下では、生ある手のなかに蠟燭がひとつずつともされ、香煙のたちこめるなか小さな焔の群れができ、僧侶は永遠の憩いを歌い、弔いの百合が、だれであれそこに横たわるひとの顔をおおい隠しているのだ、揺らめく光にかこまれた、蓋のひらいた柩に横たわるひとの顔を。

映画館のカフカ

映画は書籍とくらべると、その性質からして市場ばかりか記憶からもはるかに消え去りやすいものである。とはいえ何十年してもいまだに思い出す作品もあって、私にとってはその稀な例外のひとつに、モノクロの映像で綴られた、行く先を自分でも知らない男ふたりの物語詩（バラード）がある。一九七六年五月、ミュンヘンの映画館でこの映画を観たあと、こうした経験のあとに陥りがちな興奮がさめやらぬままに、生暖かい夜をオリンピック公園にある一部屋のアパートまで歩き通して帰ったのだった。

ブルーノ・ヴィンターといったと思う。胸当て付きのズボンをはいたその男は、ヴィム・ヴェンダース監督の紡ぐ物語のなかで、当時の西側世界の最涯、はてしなく退屈な地域を移動していた。ブルーノは町から町へと車を走らせていく。どの町もことごとく人造のパネル（ヘラクリット）建材で醜悪になっている。巡回しているのは映画館だ。だがそこには観客はもうほとんどいない。視野の狭くなった社会にあって、その周縁にいる映画技師ブルーノの人生は、映画の初期、ちかちかする映像を人々が食い入るように見つめていた時代へのオマージュになっている。同時に消え去った娯楽の一形式への追悼でもあり、また先の大戦後しばらくの時代の追想でもあろう。あの当時のドイツは、ここに出てくるよりもっとずっと辺鄙な片田舎ですら、こんなふうな移動映画館が興行していたものだった。アルプス北端の私の村Wでも、エンゲル亭のホールで週に一度はトーキーの週間ニュースが流れ、《間諜最後の日》、《灰色の男》、《ギルダ》、《ジェロニモ》などの映画が上映され、ローレン・バコール、リタ・ヘイワース、スチュアート・グレンジャー、チーフ・サンダークラウドといった過ぎし日の綺羅星が銀幕に幻影を浮かべていた。

だが、私がいま書こうとしているのはそのことではない、この映画《さすらい》（一九七五年、原題『時の流れに』）に出てくる、もうひとりの男のことなのである。冒頭、ブルーノが野外でひげを剃っていると、前夜車を停めておいた場所のすぐそばで——見るからに意図的に——乗っていたフォルクスワーゲンごと河に突っ込んでいった男がいたのだ。ブルーノは唖然とする。永遠にも思われる長い一瞬、ワーゲンはまるで飛ぶことを学んだかのように宙を舞う。私の脳裡では、いまも宙を舞っている。この男ロベルト・ランダー——ちなみに派手なしかたで地面から浮き上がった彼と同じ名の少年も、傘といっしょに空を飛んだのだった（H・ホフマン著『もじゃもじゃペーター』の登場人物ロベルト）——は、私の記憶では小児科医か心理学者かだった。ヴェンダースが感情をまじえない表現で示したこの型破りな出来事のあと、ロベルトとブルーノは連れになって祖国の片田舎をめぐり、さまざまな冒険をすることになる。なかでも私の眼にいまだにありありと浮かぶのは、がらんとした街道をバイクで走る場面で、じつに美しい、ほとんど重さが消えたかのようなシークエンスだった。記憶が間違っていなければ、たしかブルーノがバイクに乗り、そしてむかしX線照射を受けるときに掛けた眼鏡みたいなサングラスを掛けたロベルトが、横につけたサイドカーに乗っていた。だが、今度こそ本題に入ろう——この映画のなかでスピードを愉しみ、光と影の交錯を愉しんでいたほかならぬこのロベルト（正しくは俳優ハンス・ツィシュラー）が、このほどフランツ・カフカと、カフカの存命当時まだ真新しかった映画との関係をさぐる実証的な書物を上梓したのである（『カフカ、映画に行く』ハンス・ツィシュラー著［一九九六年］、瀬川裕司訳、みすず書房）。

カフカほど多くの人に論じられてきた作家はいない。半世紀というかなりの短期間に、カフカという人物、カフカの作品について、何千もの書物や論文や記事が書かれている。この増殖のぐあいと寄生的なその性格についてぼんやりとなれ知っている者なら、すでに充分すぎるほど長い題目のリストにもうひとつを連ねることに躊躇いをおぼえるのは当然だろう。だが『カフカ、映画に行く』は特別の範疇に属する著作である。固陋な研究が往々にして学問のパロディーに変じてしまう文学研究者の同業組合とも、カフカの難解さをダシにして自分の鋭さを証明しようとする文学理論家ともことなり、ハンス・ツィシュラーは控えめな、関心の対象を踏み越えない注釈に記述をとどめている。ふり返ってみると、事実にのみ棹さし、解釈に走ることをみずからに禁じるこのような抑制が、賞賛に値するカフカ研究者の特徴であった。どれでもいいが一九五〇年以降に出版されたカフカ研究をいま手にしてみると、実存主義・神学・精神分析学・構造主義・ポスト構造主義・受容美学・システム批評等々に触発された二次文献がいまやどれほど埃にまみれ、黴が生えているか、頁をめくるたびに連ねられている冗言がいかに空疎であるかは、目を疑うばかりである。むろん、そうではないものもある。学界の臼で挽かれた屑とは対照的な、編集者や注釈者の地道で良心的な仕事があるからだ。少なくとも私にとっては——意味をあれこれと忖度する度し難い性癖は私も完全にまぬかれているわけではない――マルコム・パスリー、クラウス・ヴァーゲンバッハ、ハルトムート・ビンダー、ヴァルター・ミュラー＝ザイデル、クリストフ・シュテルツル、アンソニー・ノーシー、リッチー・ロバートソンら、カフカが生きた時代における作家の像の再現に尽力した人々のほうが、無思慮にしてしばしおよそ慎みを欠いた態度でテクストをほじくり回す解釈者たちよりもよほどテクストの解明に貢献したように思われてくる。そしていま、こうした篤実な管財人のひとりに加わったのがツィシュラーなのだ。ツィシュラーは一九七八年、カフカを題材にしたテレビ映画を撮影していたときに、カフカの日記や著作のなかに映画についての、ツィシュラーによれば時にまことに素っ気ない、謎めいた言及が散りばめられていることにはじめて気づき、つづいて文学研究がこのことにほとんど口をつぐんでいることに驚いた。そしてその奇妙な無関心がきっかけとなって、ベルリン、ミュンヘン、プラハ、パリ、コペンハーゲン、ヴェローナなどで何年越しにもなる、文字どおり探偵並みの調査をすることになった。本書はその成果がまとめられた、驚くべき発見に満ちているうえにいかなる衒いもなく書かれた、あらゆる意味で模範的な書物である。

視覚的な刺激が氾濫する現代に生きる私たちにとって、カフカの時代に映像が人々――まだ多くの点で原始的であり、〈趣味のいい〉人々に低級とみなされた芸術のもつ幻覚作用に嬉々として身をひたそうとした人々――に及ぼした魅力のほどを理解するのは難しい。しかしツィシュラーは、自身が俳優としてカメラの前に立ってきたからだろうか、同一化による苦痛と違和感が奇妙に混じり合った感情がどんなものかを熟知している。たとえば自分自身が死ぬのを見る――極端ながら映画では頻出するケースである――ときに胸にわきおこる感情だ。人生そのもののように留めがたく眼前を流れ去っていくはかない映像のなかにするりと消えていくことは、つねから生身の自分の消滅を願っていたカフカにしてみれば、いわば聖アントニウスが砂漠で受けた誘惑のごときものだったろう。カフカ本人が、また他の人も証言しているのであるが、そのために映画館で一度ならず涙を流したことがあった。どんな場面だったかは知るよしもないが、ひょっとしたら、それは作家ペーター・アルテンベルク（一八五九〜一九一九）の場合と似たようなところであったかもしれない。カフカとなにかと似ているアルテンベルクは、〈文学の心理学的な道化たち〉によって貶められていた映画を弁護して、ツィシュラーの引用によるとこういう回想をしている。「私の十五歳の優しいガールフレンドと、五十二歳の私とは、映画《星空の下で》で、貧しいフランス人の船曳きが花の咲き乱れる風景のなか、死んだ花嫁を苦労しながらゆっくりと上流へ曳いていく自然のスケッチを観て熱い涙を流したのだった」。フランス人の船曳きと死んだ花嫁――この場面には、きっとカフカも泣いたことだろう。なんとなれば、この映像はカフカにとってもすべてを含んでいるのだから。終わりのない、神話の罰にも似た仕事の辛苦、自然のなかにある異邦の人、不幸な婚約のなりゆき、早すぎる死。「最愛の人」、とカフカはフェリーツェに書き送っている。フェリーツェが憂いのこもった眼でこちらをむいている写真についてだ。「写真は美しい、写真は欠くことができない、しかしそれはひとつの苦痛でもあります」。

写真が人の胸をあれほど衝くのは、そこからときおり不思議な、なにか彼岸的なものが吹き寄せてくるからである。日記のあちこちに読み取れるように、カフカは共感にあふれると同時に氷のごとき冷徹な眼によって、現実世界の中のそうした像をスナップショットに留める能力を持っていた。あるときはチシク夫人というユダヤ人の女優について、わざわざ「二つのウェーブに分けられ、ガス灯に照らされた髪」と書き、少し先では同じ人物について、顔の化粧を云々している。「おしろいは、これまで見たことがあるような使い方だと僕は大嫌いだが、この白い色、肌の上に低くただようこのやや曇った乳色のヴェールが、おしろいに由るということならば、みんなにおしろいをつけてもらいたい」。こういった一節や他の数々のくだり――無限の距離を取りつつも憧れに胸を焦がしている観察者が、自分には手が届かない身体の個々の切り離された部分に文字どおりのめり込んでいる（たとえば「ブラウスの襟ぐりのほの白さ」といったくだり――から、つまりこうした、いわば無許可撮影のスナップショットの数々から推測できるのは、それらの像がエロティックな輝きを放つゆえんが、死への近さにあるということだろう。身近な人々をこんな非情な眼で眺めることは禁じられている、しかしだからこそ、くり返し、何度も何度も見ずにはいられない。すべてを露呈させ、すべてを見抜くまなざしは、反復強迫に打ち勝てないのだ。本当に見たのかどうか、まなざしはのべつ確かめずにはいられない。こうして最後には、純粋な〈見る〉ことだけが残る。強迫観念であって、そこでは現実の時間は宙づりになり、夢のなかでのように死者と生者と未生の者が同じ平面で出会う。一九一一年冬、カフカは出張で北ボヘミアのフリートラントを訪れ、そこで〈カイザー・パノラマ〉館に入った。接眼レンズを通して人工の空間の奥に眼を凝らすと、イタリアのヴェローナの街が見え、道行く人々が「足の裏を地べたの舗道にぴったり固定された蠟人形みたい」に見えた。それから二年後、カフカはヴェローナのその小路を歩き回り、フリートラントで眺めた人形そこのけに、生きているすべてのものから自分が遠く切り離されているような感覚をあじわうことになる。現世の形而上学の最奥の秘密は、いわば度外れに発達したまなざしが引き起こした、この奇妙な身体の不在感なのだ。意味深長なことに、ピープショウの暗がりから出てくる者は、往来でぶるっと一度身震いをせずにはいられないという。〈見る〉ことによって不在になった身体を取り戻すために。

写真についての言及からは、カフカが写真のようなかたちでの人生の模写に根本的な不気味さを感じていたことがうかがえる。たとえばフリートリヒ・ティーベルガーは、次のように回想している。あるとき、写真の拡大につかう不格好な箱をかかえていたティーベルガーは、往来でカフカに出くわした。「写真をお撮りになるのですか？」とカフカは驚いた顔で訊ねた、とティーベルガーは書いている。「写真にはなにか不気味なところがあります」とカフカはつけ加え、短い間をおいてから言った。「しかも拡大までなさるとは！」。複製技術時代のはじまりとともに兆した人類の変貌にカフカがおぼろな恐怖を感じていたしるしは、作品のここかしこに見つかる。おそらくカフカは、この変異とともに、市民文化によって形成された自律的個人がやがて終焉をむかえることも見抜いていただろう。もとよりひ弱な彼の小説の主人公たちの動きの自由は、物語が展開するにつれてますます制限され、他方、裁判所の使い、阿呆じみたふたりの助手、『変身』における三人の間借り人、執行吏や下士官といった不可解な法の網によって生み出された人物たちは、はじめから幅をきかせている。彼らのもっぱら機能にもとづいた、道徳規準を有さない本質は、おそらく変化した世界によりよく適応できるのだ。機械への怖れがはじめて生じたロマン主義の時代には、分身（ドッペルゲンガー）はまだ幽霊じみた例外的な現象であったが、それがいまはところかまわず存在するのである。写真という模写の技術は、つまるところオリジナルに完全に忠実な複写、というか潜在的には際限ない複製の原理に依拠している。立体感のあるこの札を一枚手に取れば、それだけでもう万物を二回見ることができるのだ。コピーされたものがとっくに消滅したあとでも、コピーは存在しつづける――とすれば人間であれ自然であれ、コピーされたものはコピーよりも本物さに欠けるのではないか、コピーはオリジナルを蝕むのではないか、との不穏な予感は容易に生じよう。現に、おのれのドッペルゲンガーに出遭った人は、自分が滅ぼされたように感じるというのである。

　こうした次第で、私はかねがねカフカが《プラハの大学生》を観たのかどうか知りたいと思ってきた。《プラハの大学生》は、一九一三年にカフカの生まれ故郷プラハで大部分が撮影された映画で、間違いなく同市でも上映されたはずである。ただカフカの手紙にも日記にも手がかりはまったくなく、ツィシュラーにも言及はないのだが、しかし、明るい屋外のショットを交えたこの著名な新しい映画芸術作品をプラハ市民が見逃したはずはないと考えてよいだろう。そこでもし、カフカが当時本当にこの映画を観たと仮定すれば――おそらくそのとき、カフカは自分とそっくり同じ分身に追いつめられる大学生バルドウィンの物語に、自身の物語を見ずにはいられなかったはずだ。同様に同じ年、これについてはツィシュラーに詳しいが、カフカはバッサーマン主演の映画《分身（デア・アンデレ）》のスチール写真について考察しており、そしてツィシュラーによればその考察が〈自身のスナップショット〉となるのである。カフカがフェリーツェ宛ての手紙で言及しているこの写真は、カフカにベルリンでの《ハムレット》の舞台を思い出させた。それはおのれの人生のすでに過ぎ去った部分であり、一種の遺品であった。そのとき彼は古い写真に眼を凝らすときに起こるような、自分から徐々に現実感が失なわれていく恐怖、近づく死の恐怖に気づく。スチール写真のバッサーマンの姿は〈亡霊じみている〉と形容するのがおそらくもっとも適切だろう。そもそも初期の映画そのものが亡霊じみていた。人格の分裂や生き霊（ドッペルゲンガー）や死霊（ヴィーダーゲンガー）、超感覚的な知覚や心霊現象を好んで描いたからというだけではなく、実際に技術的な理由から、あたかも壁を抜ける亡霊のごとくに、まったく動かない書き割りを俳優が通り抜けていたのである。だがなににもまして亡霊じみていたのは、当時の男性舞台俳優が洗練させ、映画ではじめて究極の表現を得た、ほとんど超越的と言ってよいまなざしであった。そのまなざしの注がれる先には、悲劇の主人公がもはや関わりを失った生がある。仲間たちとともにいながら自分をたびたび亡霊のように感じてきたカフカは、まだ生きている者に対して死者がいかなる鎮めがたい欲望を抱くかを知っていた。カフカの著述のすべては、あるかたちをとった夢遊症、ないしはその前段階ととらえることができる。「重さもなく、骨もなく、肉体もなく、二時間にわたって小路を歩き回り、午後書くことによって自分は何をもちこたえたのかを考えた」、とあるとき記している。蝙蝠のごとく、カフカは真夜中にベルリンにむけて手紙を放った。またミレナには、ぼく自身が亡霊（ファントム）であって、送ったキスをとどく前に空中で飲み干してしまうのです、と語った。ツィシュラーは、カフカが自宅への帰路、電車のなかで車窓から「飛び去っていくがままに、ポスターを切れ切れに、一心に読みました」という手紙の一節を引用している。好奇心のためにカフカの頭は形象（イメージ）でいっぱいになっていた、とツィシュラーはコメントする。形象はあきらかに自分には持つことのできない生を埋め合わせるものであり、実体のない栄養源であって、昼夜を分かたぬ夢のなかで、カフカはそこからたえまなく幻想的なシナリオを紡ぎ出していた。そしてそのシナリオにおいては、カフカ本人がときおり奇っ怪な登場人物となったのである。マックス・ブロート宛の葉書に、医院でかるい失神をおこし、ソファに寝かされたが、そのとき突然自分が少女になったように感じ、必死になって指でスカートを直そうとした、と書いている。なんたる奇妙なエピソードだろう。こうした夢幻の情景は、彼の魂というカメラ・オブスキュラが上映し、そこに幽霊となった彼自身が出演している映画のようなものではないだろうか。ツィシュラーは繊細な手つきで、現実と想像のあいだの潮の目を吟味している。カフカは映画について書くが、映画は彼にとって、現実と虚構のあいだで変幻するたえまない夢と喪の作業の強度に新しい光が落ちるためのひとつのフィルターにすぎない。カフカの日記は体験の記録にあふれているが、そこでは映画館のなかでとまったく同様に、日常的なものが眼前で溶解して、重さのない像となるのだ。たとえば（『カフカ全集7 日記』谷口茂訳、新潮社）日記のなかで、カフカはプラットホームに立ち、クルークという女優に別れを告げる。

ぼくたちは（…）たがいに手を差しだした。ぼくは帽子を持ちあげ、それを胸にもっていった。ぼくたちは後ろに下がった。汽車が出るときに、これですべてが終わったこと、そしてそれを受け入れていることを示すために人がするように。だが列車はまだ出ず、ぼくたちはもう一度近寄った。彼女がぼくの妹たちのことを訊ねてくれたことが、ひどくうれしかった。ふいに汽車がゆっくりと動きはじめ、クルークさんはハンカチを出して、振るばかりにした。手紙をくださいね、わたしの住所をご存じかしら、と彼女は大声で言った。ことばで返事するにはもう遠すぎて、ぼくは彼から住所がわかると思う、とレヴィを指さした。それならいいわ、と彼女はぼくと彼のほうにあわただしくうなずき、ハンカチをひらひら振った。ぼくは帽子を持ちあげた、はじめのうちはぎくしゃくと、彼女が遠くなるにつれてのびのびと。あとから思い返すと、列車は本当は行ってしまったのではなく、ぼくたちに一芝居見せるためにホームをちょっと動いていって、そのあと沈んでしまったような気がした。その晩、うつらうつらしていると、クルークさんが現れた。不自然なくらい小柄で、ほとんど脚がなく、身に大きな不幸でも起こったかのように絶望した表情で両手を揉んでいた。

全人生のドラマがこの、あたかも映画のように切り取られた日記のなかに包摂されている――実らぬ愛が、別れの痛みが、死への沈降が、そして欺かれて幸福を失った女の再来が。

幻想への移行というカフカにきわだった特徴は、右に引用したくだりでもごく当たり前になされているが、ただそのために、一見度外れに常軌を逸した著者の意識が、じつは時代の社会的問題をきわめて正確に映し出していたことは、しばしば見過ごされてきた。失われたユダヤ性に対するカフカの関心ほど、それをはっきりと物語っているものはない。いかにもながら、ドイツ文学研究（とりわけドイツで営まれているそれ）は、八〇年代に至るまでカフカ本人にとって最重要であったこのテーマにはまったく関心を示さなかった。故意と言ってよいほどの無理解に起因するこの欠如は、今日でも埋められているとは言い難い。それだけにいっそう、一九二一年十月二十三日の日記についてのツィシュラーの調査は興味深いものがある。「午後、パレスチナの映画」とあって、ほかには何のコメントもないのだ。ツィシュラーの解説によれば、カフカがこの日観たのは《シオンへの帰還》という題名のエルサレムで制作されたドキュメント映画で、パレスチナにおける開拓団の作業ぶりを描いたものだった。シオニスト組織〈自衛〉により上映されたこの映画は、〈リド＝ビオ〉映画館の私設上映会にやってきたプラハのユダヤ人にあとあとまで残る影響をあたえたにちがいない。当時すでに情勢は徐々に厄介になりつつあり、移民を考える人々がしだいに多くなっていた。ツィシュラーによれば、併映としてカールスバートでおこなわれた第十一回シオニスト会議と体操のエキシビションのもようが上映された。後者がユダヤ人の演技会だったかどうかは、本書の記述からはあきらかではない。しかしそうでなかったとは言い切れないだろう。シオニストのユートピアを実現するにはまず青年層に訴えかける必要があったから、身体を鍛錬して民族の生理学的刷新をはかるという考えはことのほか重要なものだった。これは十九世紀初頭から形成されてきたドイツ・ナショナリズムのイデオロギーとなんら変わるところはない。シオニズムは当初からこのイデオロギーをお手本にしてきたのである。一方は長い抑圧から、もう一方は不当な軽視（という思い込み）から目覚めた民族として、シオニズムとドイツ・ナショナリズムは、それぞれ物差しと野心は異なっていたとはいえ、描かれた自己像の点では混同するほどそっくりだった。

ツィシュラーが引用している《自衛》誌の記者のひとりは、〈リド＝ビオ〉館の日曜午前の上映の常連たちが、八時半にはじまったパレスチナ映画の初回上映が終わるまで待たざるを得なかったようすを伝えている。「ホールのなかからくり返しくり返し拍手喝采が聞こえた」と記者は報じる。さらに、中をのぞきにいったある女性客が、待っている他の客にむかって、「あの人たちがユダヤ人だなんて信じられないわ、ぜんぜんそんなふうに見えないもの。よくわからないけど、血が変わったにちがいないわ」と言ったとも書いている。この話は私に別の出来事を思い出させる。宙を舞ったロベルトの映画体験をしたのと同じ、一九七六年だった。じつはまったく好みに反していたのに、コーブルク州立劇場にレッシングの戯曲『賢者ナータン』の上演を観にいった。それでなくとも胡乱なところのあるこの戯曲がくり返し陵辱されることにも、ドイツの劇場文化そのものにも、私は辛抱ができないのである。いずれにせよ事実言葉を失うばかりの芝居がはねたあと、出口へむかう途中で、ドイツ民族の偉大な時代を全身全霊で味わったであろう中年の女性が、いっしょに観劇した女性の連れにむかって、親しげにささやくのが聞こえた。「ナータンの役者、うまかったわね。本物のユダヤ人かと思いそうになっちゃったわ」。この発言の底の知れなさは、ドイツとユダヤの共生言説を前にしたときと同様、その深淵をのぞき込んだ者がくらくらと目眩をおこすほどのものである。反転した鏡像のようなこれらのアイデンティティの上位概念は〈選ばれた民族〉の神話だ。国民の解放という理念が行き先を誤っていった時代、ドイツ人はこの神話に盲目的に溺れていった。円を四角にせよというような解決不能な問題を、ヘルツル（一八六〇～一九〇四。オーストリア系ユダヤ人でシオニズム運動の創始者）が、シオンでの共通語はドイツ語でといった提案によって解こうとしていた一方、ヒトラーは（どこかのテーブルスピーチでだったと思うが）、ユダヤ人絶滅計画の絶対的正しさを証する異を唱えようのない結論に達した――すなわち、選ばれた民族がふたつ存在することはできない、と。

　このパレスチナ映画が、ツィシュラーの著作で扱われているカフカの最後の映画体験である。カフカがこの映画についてなにを思ったかは、本人からも他の人々からも伝えられていない。ただ確かなのは、この映画のあと、カフカが以前ほど頻繁には映画に行かなくなったということだ。ともかくも《意志の勝利》（一九三四年におこなわれたナチス党大会の記録映画、リーフェンシュタール監督）は観ずにすんだ。だがもしカフカがこの映画の行進風景を観るはめになっていたとしたら、どんな心持ちがしただろうか、そう問いたい気持ちにはなる。それからもうひとつ、脱線をお許しいただきたい。ツィシュラーによれば一九一三年九月二十日、ヴェローナの映画館（キネマトグラフ）でしぶとい憂鬱のなか、カフカが涙を流した日に上映されていたのは、《哀れな子どもたち（ポーヴェリ・バンビーニ）》、《名高き山賊ガロウケ（イル・チェレブロ・バンディート・ガロウケ）》《深淵の教え（ラ・レツィオーネ・デッラビッソ）》であった。《深淵の教え》は、英雄的山岳映画の先駆けであって、この映画からおよそ二十年後、レニ・リーフェンシュタールがこのジャンルの監督として名をなすことになる。そして一九三五年、リーフェンシュタール——仄聞するところではいまなおモルジブの青い海に潜って映画を撮っているらしい——はバイエルンの上空、純白の雲海のなかでカメラを回す。ただ天空のみ、画面にはほかには何もない。そして総統、この神のごとき不可視の存在——人々は彼の神々しい、いわば世界の上空に浮かんでいる眼を通じてのみすべてを見る——が飛行機に乗って、帝国党大会が開かれようとしている《マイスタージンガー》の市（まち）、ニュルンベルクに近づいてくる。総統はほどなく大勢の供をしたがえて街路をパレードする。かつてカフカが家庭雑誌《あずまや（ガルテンラウベ）》の頁をめくりながら脳裡に浮かべた、人の心を打つ古きドイツは、人また人の群れでもはや見ることができない。いたるところに人々が顔を輝かせて、ぎっしりと立ち並んでいる、張り出した場所に、壁の上に、階段に、バルコニーに。窓から鈴なりになってのぞいている。総統の車は、人群れがつくった峡谷のあいだを粛々と進んでいく。とそのとき、なんの前触れもなく、奇妙な、不気味なほど暗示的な映像が映し出される。今度もまた高みからの俯瞰で、テントが居並ぶ光景が眼に入る。見渡すかぎり、白いピラミッドのかたちをしたものが並ぶ。

珍しいパースペクティヴなので、はじめはなんなのかまったくわからない。空がしらじらと明け初めて、やがて少しずつ、まだ薄暗い敷地に、テントから人間が姿をあらわす。ひとり、ふたり、三人、そしてまるで誰かに名前を呼ばれたかのように、みんなが同じ方向をさして歩いていく。そのあとカメラが近くに寄って、ドイツの男たちが上半身裸になり、朝の洗面——国民社会主義の清潔さの表徴である——をおこなうシーンが映し出されて、荘厳な雰囲気はやや殺がれる。それでも白いテントの人心を虜にするような映像は記憶にとどまる。ひとつの民族が荒野を往く。地平線にははや約束の地が姿をあらわした。みなでともにたどり着こう。映像化から八年ないし九年後、この幻影（ヴィジョン）にとって変わったのが、黒い廃墟と化したニュルンベルクだった。一九四七年、まだ瓦礫と灰のなかにあったこの街にツィシュラーは生まれた。

周知のように、カフカはいかなるかたちのユートピア的理想にも不信を抱いた。晩年自分のことを、ぼくは四十年間カナンから出てさまよっているのだ、と語った。ときには共同体を渇望したが、本当は疑いの目をむけていた。なぜなら彼は、水が海に注ぐように、孤独のなかに溶け消えていくことのほか望んでいなかったから。たしかに晩年の写真のカフカほど、孤独をにじませた姿もめずらしい。ちなみにもう一枚、それらの写真をもとにしたいわば推定のカフカ像がある。画家ヤン・ペーター・トリップが描いた。あと十一年か十二年生きていたらこんな容貌であったろう、というカフカである。とすれば一九三五年のカフカか。そのとき帝国党大会は、まさしくリーフェンシュタールの映画のように開催されていただろう。人種法は施行されていただろう。そしてカフカは、もし彼がもう一度自分の写真を撮らせていたなら、この亡霊じみた絵画のごとくにこちらを見つめていたことだろう——墓のむこうから。

Scomber scombrus または大西洋鯖——ヤン・ペーター・トリップの絵画によせて

二反の帆が西風にふくらむ。私たちの船は、潮流をさえぎるようなかたちに針路を定める。大食漢で知られる鯖が、この潮をさかのぼって来るのだ。夜明けとともに網を入れる。ほどなく、ぼんやり明るんだ彼方に白亜岩の岸壁が、黒々した森と草地の細長い帯に頂辺を縁どられて見えてきた。それからまだかなりの間があって、やがて陽光がゆるい波に差し込め、鯖が姿をあらわした。

ぎっしりと身を寄せ合い、見たところ刻々と数をふやしながら、海面のすぐ下を猛然と泳いでいく。硬い、魚雷じみた体は、発達が過ぎて小回りのきかない筋組織を特徴としていて、そのためにひたすらまっすぐ前へと押し進む。休息はほぼ不可能であり、どこを目指すにしろ、大きな弧を描いてしか進めない。同じ場所に棲みつづける魚とちがって回遊をするが、どんなルートを取るかは長年の、そしていまもっての謎である。エーレンバウムによると、アメリカとヨーロッパ大陸の沖合には、長さ何平方マイル、深さ何尋(ひろ)もある複数の海溝があるが、そこに一年のある時期になると鯖が何十億匹と蝟集し、そのあと集まっ

不文律

たときと同様、また唐突に姿を消してしまうという。といいつつも、目下、私たちの四囲はいたるところぎらぎらと燦めく鯖だ。青い背中に、不規則な暗褐色の縞が波打つように入り、緋色と金緑のスパンコールのような鱗がかがやいて、変幻自在のたわむれをみせる。これまで捕らえたおりに何度も眼にしてきたことだが、鯖は死んだとたん、それどころか馴染まぬ乾いた空気に触れたがさいご、たちまち変色して、鉛色にすうと褪せていく。

この、命のあるうちは得も言われぬ輝きを放つすがたを思い起こさせるのが、マクレーレMakrele（鯖のドイツ語名。英名はmackerel）というその変わった

ゲームの終盤

名である。エーレンバウムが別のところで書いているが、マクレーレというこの名前は起源をたどると、〈まだらの〉〈斑の〉という意味のラテン語の形容詞 varius ないしはその縮小形 variolus, variellus, varellus といった語にゆきつく。vérole（梅毒）もこの語に由来しているわけだ。その昔、ある種の館の帳場に坐っているおかみのことを、少なくともフランス語では鯖を意味することば（maquerelle）（マクレル）で呼んだ。その手の場所から男がよく拾ってきたのが、この病気である。人間にせよ、鯖にせよ、生と死の関係は、われわれが思うよりはるかに込み入っているのにちがいない。最初の網を引き上げながら、ふと脳裡をかすめた——グランヴィルの版画に、五匹あまりのとびきり冷血な魚が、糊のきいたシャツとネクタイと燕尾服を身につけ、食卓について同類を食せんばかりにしている場面がなかったろうか。これがもし人間を食べる図であったら、ますますもって恐ろしい。魚の夢を見ると死ぬ、といわれるのも、してみるとまんざら故のないことではないかもしれない。

　ところで多くの民族で豊饒の象徴とされるのも、この魚なのだった。たとえばシェフテローヴィッツは、チュニジアのユダヤ人は結婚式や安息日の前夜に枕のうえに鯖のうろこを撒く習わしがあると書いているし、ウィーンの出でカリフォルニアに移民した心理学者、人類学者のアイゼンブルークはその不当に忘れ去られた著作のなかで、チロルの風習では、クリスマスに居間の天井に鯖の尻尾を釘で打ちつけると指摘している。

　といっても、現実はまた別物である。つまるところ私たちの誰ひとり知ってはいないのだ——自分がどのようにして他人の皿に載ることになるのか、あるいはむかいの人間の固めた拳にいかなる秘密が隠されているのか。魚占いに打ち込んで、解剖ナイフを手に取り、細心の注意を払って鯖をさばいて臓物に託宣を仰いだって、答えがもらえることはないだろう。なんとなればここにある物たち——鉋（かんな）のかかった板の木目、銀の腕輪、歳をかさねた皮膚、濁った眼——は、黙したまま私たちを見つめるばかりで、人という類（やから）の運命については口を噤んでいるのだから。日が暮れるまで、そんな想いが私の脳裡をめぐった。私たちはとうに漁から戻り、陸（おか）からもう一度、灰色の海に眼を馳せた。沖合に、波間に見え隠れしながら、三角のかたちをしたものがすべっていくのが見える気がしてしかたなかった。「もしかして、誰かまだヨットを走らせているのかもしれないわね」、連れの女性が言った。「そうじゃなかったら、巨大な魚の背びれかもしれない。人間にはぜったいに捕まえられずに、遠い海を泳いでいる魚の」。

赤茶色の毛皮のなぞ——ブルース・チャトウィンへの接近

のっけからこんな無謀なことをする作家が昨今のドイツにいただろうか、容易には思いつかない。ブルース・チャトウィン（一九四〇〜一九八九）、安らぎなき放浪者。いかなる基準に照らしても破天荒な彼の五冊の書物は、いずれも世界の別々の大陸が舞台だった。伝記には低い評価しかあたえない、平凡をよしとするわが国にあっては、このような作家の早すぎる死のあと、十年の長きにわたって足跡を追いつづけるような人もいないだろう。それをしたのが、ニコラス・シェイクスピア（伝記『ブルース・チャトウィン』〔一九九九年〕の著者）である。バーミンガム郊外、ロンドン、ウェールズの境界地方、クレタ島、アトス山、プラハ、パタゴニア、アフガニスタン、オーストラリア、アフリカ最暗部へと、彗星のようにかたわらを通り過ぎていったこの人間について証言してくれる人々を尋ね歩いた。

チャトウィン自身が最後まで謎であり続けたように、その書物もまた分類をさだめがたい。はっきりしているのはただ、構成にしろ、意図にしろ、既成のジャンルに当てはまらないということだけだ。いまだ発見されていないものへのある種の渇望に駆られて、それらの書物は私たちの頭が太古の昔から紡ぎ出してきた、幻想とも現実ともつかない奇妙な現象や事物に点々と標づけられた線の上を動いている。『悲しき熱帯』の衣鉢を継ぐ人類学・神話学的研究、幼児期の読書体験につながる冒険譚、事実の蒐集、夢物語、郷土小説、憧憬にひたされた異国趣味（エキゾティシズム）の典型例、ピューリタン的な懺悔録、野放図なバロック的幻視、自己否定、告白——それらが渾然一体となったものである。近代の枠を破るこの混淆は、おそらく過去の、マルコ・ポーロまでさかのぼる紀行文の遅咲きと捉えるのがもっとも適切であろう。そこでは現実は形而上学的なもの、奇跡的なものへとたえず凝縮され、世界を巡るその路は、当初からおのれ自身の末期を見据えたうえで踏まれていくのだ。

チャトウィンは、愛読書のひとつにギュスターヴ・フロベールの『三つの物語』があり、その一篇『ジュリアン聖人伝』をわけても好んだ。聖ジュリアンは、狩りに取り憑かれておかした血腥（なまぐさ）い罪業を償うべく、灼熱と極寒の世界をながらく彷徨する。氷原を渡るうちに四肢は凍えてあやうくもぎ取れ、砂漠では陽に灼りつけられた頭髪が焔をあげる。著者の根深いヒステリー気質から生まれたこの戦慄すべき物語の一頁一頁を繰るたびに、私の脳裡にはチャトウィンの姿が浮かばぬことはない。知と愛へのすさまじいまでの渇仰に駆られつづけた、天衣無縫（アンジェニュ）の人だった。齢三十にして、まだ思春期の少年の面差しをしていた。

チャトウィンは建設業者、建築家、弁護士、ボタン工場主など、ヴィクトリア朝時代のバーミンガムで上位中産階級に確乎たる地歩を占めていた一族に生まれた。が、高度資本主義の兆す時代に当然といえば当然であるが、一族には山気に溺れる者、破産する者、はては法を犯す者すらいた。父チャールズは一九四〇年海軍に召集されてチャタムに駐留し、戦時中は駆逐艦艦長として海上にあったから、自宅に姿を現すときはたまの客でしかなかった。そのため幼年期のチャトウィンは母ともども、祖父母や大叔父や叔母たちのもとで、メンバーの一定しない、いわば母権的な拡大家族のごとき結びつきのなかで過ごした。この結びつきは厳密な家族観というよりは、自分がある血族の一員であるという感覚をはぐくんだと考えられる。また母や祖母の兄弟は、チャトウィンにとって男性のロールモデルになったことだろう。青い眼の甥を可愛がった叔父のひとりは、ブルースは小さいときから目ざとい子で、ありとあらゆるものを学者みたいな眼で観察していた、と伝記作家に証言している。「それが大事なことだったんだ」と彼はつけ加えた。「この子が弁が立つようになるためにはな」。

事実、シェイクスピアの取材を受けた人々によれば、チャトウィンは驚くほど能弁で、想像の才にすぐれた人物だった。口承の伝統を引き継ぐまことの語り部さながら、ただ声のみによって舞台を出現させ、そこにときには実在の、ときには架空の人物を登場させては、蒐集したマイセンの磁器人形のあいだを歩き回る彼のウッツ男爵よろしく、人物のあいだを歩き回った。常軌を逸したもの一切の興行師であったチャトウィンは、砂漠を往くときにすら、劇場用のローブを纏っていたのではあるまいか。『ウッツ男爵』（池内紀訳、文藝春秋）では、男爵の浴室にそのようなモーニングガウンが掛かっていた。桃色の絹地の刺し子で、両肩に薔薇の花弁の縫いとりがあり、ビロードの襟元を駝鳥の羽根で飾ったオートクチュールの逸品だった。

チャトウィンはイギリスでも指折りの優秀校モールバラ・カレッジを出たが、在学中はかくべつ誉れ高い経歴を残したわけではなく、みずからの証言によるなら演劇でのみ異彩を放って、とりわけノエル・カワードの芝居などでの女役を得意とした。天性のものというほかない身の変わりの術、つねに舞台に立っているような感覚、観客受けする所作に対する鋭さ、突飛なもの、スキャンダラスなもの、戦慄や不思議の感を起こすものに対する嗅覚は、疑いなく物書きとしての才能の土台をかたちづくった。ロンドンの美術品競売会社、サザビーズにおける修業時代も、おそらくこれに劣らぬ重要性を持っただろう。この時期チャトウィンは過去の宝物室に出入りすることを許され、人造物の無二性、美術品の市場価値、職人の技能の重要性と、精確で迅速な調査の必要性をおぼえこんだ。

だがチャトウィンの作家への成長にとって何にもまして決定的だったのは、幼時に祖母のイソベルの食堂にしのび込み、ガラス戸にぼんやり映った自分の鏡像を透かして、マホガニーの飾り棚の棚板に散りばめられていたいずれも遠いはるかな国からの到来物のコレクションに純粋に魅入られていた、その瞬間にあった。どこのものなのか、何に使われていたのか、誰も知らない物もあった。あとの物には、まことしやかな話がついていた。

たとえば赤茶色の一片の皮である。薄葉紙に包まれて、錠剤の入れ物に保管してあった。ニコラス・シェイクスピアは、このシュールなオブジェは、祖母が結婚祝いとして今世紀初頭にいとこのチャールズ・ミルワードから贈られたものだとしている。ミルワードは牧師の息子だったが、あるとき折檻に耐えかねて家を飛び出し、遠洋の船乗りとなったところ、船は南米パタゴニアの沿岸で難破した。そこでプエルト・ナタレス（チリの南部、パタゴニアの都市）で途方もない事業をたちあげたが、そのひとつが、砂金採りをしていたドイツ人と組んで洞窟を爆破し、先史時代の動物ミロドン、つまりは巨大なナマケモノの遺骸を掘り出すことだった。絶滅した動物のばらばらな部位をさばく商売は、大繁盛した。バーミンガムの家にあった皮は、愛するいとこへの、いわば無料の贈呈品というわけだった。

謎めいた品々がおさめられた鍵の掛かったガラスの飾り戸棚は、チャトウィン作品の内容と形式の双方にとっての中心的なメタファーになり、もはや実在しない動物の遺骸は愛するオブジェになった、とシェイクスピアは書いている。「生涯において」とチャトウィンはスニル・セティに書き送っている、「あの一片の皮ほどほしいと思ったものはほかにない」。

キーワードは皮だ、と思う。大西洋を渡ってアメリカ大陸を南下し、世界最涯の地フエゴ島に至った初の大探検へとチャトウィンを駆り立てた憧れのむかう先には、皮があった。チャトウィンはフエゴ島で、実際にくだんの洞窟でナマケモノの毛の束を発見したと信じていた。とまれ、似たような物を旅から持ち帰った、とは妻の証言である。このナマケモノの遺物がフェティッシュな性格を持つことは見誤りようがない。それ自体はまったく価値のない物に、愛好者の禁制の空想は燃え上がり、満足を見いだすのだ。

フェティッシュな所有欲も影響していただろう、蒐集マニアであった。また見つけた断片を、謎めいた、意味に満ちた、私たち生者が締め出しをくらっている世界を想起させるかたみ(メメント)へと変換した。チャトウィンの作家としての営みの、おそらくはこれが最深の層にあるものだろう。なによりもその方向をむいていたことに、チャトウィンの作品がイギリスをはるかに越えて読まれるゆえんがある。チャトウィンの視線(ヴィジョン)の普遍性は、その描写が永遠に回帰する私たちの想像力のトポスに訴えるところにある。たとえば地の涯の世界の描写——パタゴニアに百年以上前に移民してきたウェールズ人の村では、いまなおカルヴァン派の賛美歌がうたわれ、その地の凍てついた灰色の空の下、痩せた草原をしじゅう吹き抜ける風は、樹木を縮こまらせ、みんな東むきに曲げてしまう、といったぐあいに。

難破者チャールズ・ミルワードの物語から私の脳裡にすぐ思い浮かんだのは、ジョルジュ・ペレックの小説『Wあるいは子供の頃の思い出』（酒詰治男訳、人文書院）だった。すさまじい苦痛と幻影的な不安に全編ひたされた自伝的作品である。冒頭でガスパール・ヴァンクレールという心を病んだ少年の運命が語られる。少年の母親は有名なソプラノ歌手で、回復を願って息子を世界周航の旅に連れ出すのだが、とどのつまり、少年は一万一千人の乙女岬か諸聖人の日通りだったかでゆくえを断ってしまう。ちなみにガスパール・ヴァンクレールの物語そのものは、壊された幼年期の典型例である。哀れなカスパー・ハウザーと名前が似ているのは偶然ではないのだ。チャトウィンにとっても、世界の涯への旅は、失われた少年をさがす探検行であった。そしてチャトウィンは自己の鏡像を見るかのように、たとえばガイマン村（上述のウェールズ人入植地）の内気なピアニスト、エンリケ・フェルナンデスにその少年を見い出したと信じたのである。フェルナンデスは四十歳にしてエイズで死んだ。チャトウィンまたしかりであった。

なんにせよ、鍵となる神話は、依然、この一切れの異郷の皮であった。敬虔な気持ちから保存され、展覧に供されるあらゆる遺骸がそうであるように、この遺物もまた倒錯をはらみ、同時に世俗の域を超え出るなにものかを有している。バルザックの小説『あら皮』（小倉孝誠訳、藤原書店）の皮がそうであったように、この皮は心奥に秘めたどんなふとどき千万な願望もかなえてくれるが、欲望がひとつかなうたびに少しずつ縮んでいく。愛のあこがれが満たされることは、死の衝動と密接につながっているのだ。死期の迫ったチャトウィンがテレビのインタビューに答えた映像があるが、そこでの彼は文字どおり骨と皮に痩せ細り、不気味なほど大きく眼を瞠りながら、これまでにない無邪気な熱を込めて、最後の架空の人物ウッツ男爵、すなわちプラハの陶磁器コレクターのことを語っていた。私の知るなかで、この瞬間は、ある作家が作家としての本質を顕わにしたもっとも心を震撼させる瞬間であった。

バルザックの小説『あら皮』――野生の驢馬の皮だが、おそらくはなによりも悲哀と苦悩の皮である――を読むと、冒頭ほどなく、この時点ではまだ「見知らぬ青年」としか呼ばれていない主人公ラファエルが数階からなる骨董屋に足を踏み入れ、破滅のもととなるこの護符を買い求める場面になる。陳列室にうずたかく積み上げられたがらくたを描写した十頁ほどのこの場面で、バルザックは自身の現実へのあられもない執着と言葉への物狂いぶりを遺憾なく発揮して、ありていに言えば作家として売春行為におよんでいるのだが、しかし同時に、想像力の夢想の深みにとどく視線を投げてもいる。世界の宝物庫といったていの幻想的な陳列室のなかで――そこには齢百を超えたしなびた小男が住まっている――ラファエルは、真の詩作品であるとして、地理学者キュヴィエの著作を勧められる。古物商の陳列室を案内した助手はこう言う。これを読むと、あなたは彼の天才によって高みへと持ち上げられ、過去の無限の深淵をすべり降ちるでしょう、モンマルトルの採石場やウラル地方の片岩のなかに、大洪水の前に生きていた動物の化石を地層ごとに発見し、何十億年という歳月、何百万という民族を目の当たりにして、しんそこ驚愕するでしょう、人類のこころもとない記憶は、そういう歳月と民族を忘れ去ってしまったのです。

楽興の時

一九九六年九月、コルシカ島を徒歩旅行したおり、エトーヌ森の高木林の裾にある草地に腰を下ろして、一日の初の休憩を取った。深い蒼をした、底の方はほとんど真っ暗な窪地と渓谷がつらなり、そのむこうに半円をなして、高いものは二千五百メートルを超えてそびえる花崗岩の切り立った岩壁と山頂が望めた。西空には厚い雲がしだいに暗さを増していたが、空気はまだしんとして、草一本揺れていなかった。それから一時間後、ちょうどエヴィザにたどり着いたところで天気が崩れ、カフェ・デ・スポールに駆け込んだ私は、開け放しの店の扉から、小路に斜めに叩きつける雨を眺めてながい時を過ごした。私のほかの客はただひとり、毛糸の上っ張りに着古した軍用アノラックをはおって、はやくも冬の装いをした老人だけだった。

老人は白内障に濁った眼を、盲人のようにいくぶん仰向けて、明るい方にやっていた。グラスに注がれたパスティス酒と同じ、氷灰色の眼だった。しばらくして傘をさした女が妙に芝居じみた風情で表を通りすぎ、そのうしろをまだ大人になりきっていない豚がついて行ったが、それにも気づいたふうはなかった。仰向いた眼をじっと同じところに注いだまま、右手の親指と人差し指で、グラスの六角の脚を少しずつ、胸のなかに心臓でなく時計の歯車でも入っているぐあいに規則的に回しつづけていた。カウンターの後ろに置いてあったカセットレコーダーから、トルコの葬送行進曲のような曲が流れていた。そこにときおり交じる咽頭から絞り出したような高い男声が、私の脳裡に子どものころはじめて聞いた音楽の音色を甦えらせた。

　第二次大戦の直後、アルプスの北端にあるW村の音楽といえば、大きく人数をへらしたヨーデル団のたまの演奏と、同じく数人の年配者のみになった吹奏楽団が祈願行列や聖体行列のときに鳴らす儀式ばった演奏のほかには、それらしいものはほとんどなかった。私の家にも近所にも蓄音機（グラモフォン）はなく、五〇年代、私が小学校に入る少し前にニューヨーク在の伯母テレーズが五百マルクという気の遠くなるような金をはたいてグルンディヒ社の新しいラジオを買ってくれたのだが、平日はだれも入る者がない居間に置かれていたためだろう、ふだんはほとんどスイッチを入れたことがなかった。だが日曜になると、ロートタッハタールなどのこの地方の楽隊がツィンバロムやギターを鳴らすのが早朝から聞こえていた。週末しか家にいなかった父が、この手の伝統的なバイエルン民族音楽をことさらに好んだからである。いまふり返ってみると、この音楽は私にとっては間違いなく墓の中まで追いかけてきそうな、ある種戦慄をおぼえる性格をおびるものになった。たとえば数年前、バイエルン州シュタルンベルクの〈エリザベート皇后ホテル〉で嫌な一夜を過ごしてようやく眠りについた朝がた、私をたたき起こしたラジオ目覚ましのガーガーいう内部で歌をうたっていたのが、ふたりのロートタッハタールの民族音楽歌手であった。響きからして発育不全で病身としか思えない彼らが歌っていたのは韻を踏んだおきまりの陽気な歌で、貂（てん）だの狐だの、ありとあらゆる動物が登場し、たくさんある歌節がすべて〈ホラドゥルユヒュー、ホラドゥリョ〉で終わっていた。

湖面の霧が深く立ち込めていたあの日曜の朝、ラジオ目覚ましに幽閉されていたロートタッハタールの歌手が私におよぼした亡霊じみた印象は、それから数日後、イギリスに戻って、ロンドンのイースト・エンド、ベスナル・グリーンの地下鉄駅近くの古道具屋で古い写真が大量に入った箱をかき回していたおり、世紀転換期に万国郵便連合が作った一枚の絵葉書にぶつかって愕然とした――としか言いようがない――ときに、不気味の頂点に達した。雪をかぶったアルゴイの山々のパノラマ画の前に、バイエルン州オーバストドルフの〈シュープラットラー〉（靴踊り。音楽に合わせて掌で腿や膝や靴底を叩きながら踊る南ドイツやチロルの民族舞踊）の一団が立っている図柄だったのである。エーデルヴァイスの花を刺繍した胸当て、アルプスカモシカの毛飾り、雄鶏の尾羽、ターラー銀貨、鹿の牙といった民族の標（しるし）を飾りたてた、祭りのいでたちであった。裏面には何も書かれていない、疑いなく長旅を経てきたであろうその絵葉書を発見したとき、この十人のオーバーストドルフの民族衣装の男女が、亡命の地イギリスで埃をかぶりながら私を待ち伏せていたような気がしてならなかった。おまえは、民族衣装的なものが少なからぬ役割を果たしていた祖国の前史からけっして逃れられないのだぞ、と私にむかって言うために。

一九五二年の十二月に家族でアルペンフォーゲル運送のトラックに乗って、十九キロ離れた小さな町S

に引っ越してからは、私の音楽の幅は少しずつ広がっていった。担任のベライター先生といっしょにした遠足では、先生が哲学者のヴィトゲンシュタインそのままにクラリネットを古手の長靴下に包んでかかさず持参し、このうえなく美しい曲や旋律をいろいろ吹いてくれた。それがモーツァルトだったり、ブラームスだったり、あるいはヴィンセント・ベルリーニのオペラの一曲だったりすることは、当時むろん知りもしなかった。それから歳月を経たある晩、帰宅のさいにあの〈たんなる偶然〉というものによって――偶然というものは本当はないのだ――カーラジオをかけたとき、ちょうど聞こえてきたのが、ベライター先生がたびたび吹いてくれたブラームスのクラリネット五重奏曲第二楽章のテーマだった。過ぎ去った時をいちどに超えてその曲がわかったとき、わかった瞬間に私は体の重さがかき消えたような、生涯稀にしか体験することのできない感覚をおぼえたのだった。

ベライター先生に感化されていた私は、五三年の夏、自分でもクラリネットが吹けるようになりたいと思った。しかし家にはクラリネットはなく、ツィターしかない。それで週に二度、猟人宿舎の涯てしなく長い壁に沿ってオストラッハ通りまで行き、こけら葺きの小さな長屋の一軒に住んでいた音楽教師、ケルナー先生の家までツィターを習いに通うことになった。この長屋の裏手には、距離にして五、六メートルもないところを、製材所の流れの速い、昏い運河が通っていて、見るたびにいやでも思い出されるのだが、そこからよく水死人があがっていた。いちばん最近は六歳の男の子で、私とその子の兄とは連れだって学校へ行く仲だった。

音楽教師のケルナー先生はどちらかといえば陰気で鈍重な人間で、カティという私と同い歳の娘がいた。

ミュンヘンやウィーンやミラノとかで演奏したという、外国まで名の知れた天才児であって、私がツィターの稽古に行くと、姿は見えないが閉ざされた扉のむこうで、居間を占領しているグランド・ピアノのいつもの席について母親の監督をうけていた。娘がさらっているソナタやコンチェルトの激しく乱高下する音の滝は、私がツィターに手こずっている狭い箪笥めいた小部屋にまで押し寄せてきた。先生は私のかたわらに座って、私が弾き損なうたびに苛立たしげにコツコツと定規で机の角を叩いた。ツィターの稽古は私にとってひどい責め苦であり、ツィターそのものも拷問台であって、私はその上でむなしく身を捩り、指をねじ曲げているのだった。言うまでもないが、ツィターのために書かれた曲はまことに笑止千万なものであった。

ツィターを稽古した三年のうち、だんだんと嫌悪の募ってくる楽器を私がみずからすすんでケースから取り出したのはたった一度、それが最初で最後になったが、シベリアそこのけの一九五六年の厳冬が去ってはじめてフェーンの強風が吹き、だれよりも好きだった祖父が臨終の床についたときだった。すでにかなり意識が混濁していた祖父の枕もとで、それほど嫌いではなかった何曲かを演奏した。いまも憶えているが、最後の曲はハ長調のゆったりしたレントラーで、弾いているうちにスローモーションで長く引き延ばされたような感じが起こり——記憶のなかではそうなっている——永遠に終わりがきてはならないかのように思えたものだった。

はるか後に、私の勘違いでなければたしかジークムント・フロイトの論考で読んで、はっと思い当たったことを、十二歳の当時、私がぼんやりとでも理解していたとは思わない。つまりは、音楽の奥義は、偏執症(パラノイア)を防ぐための身振りなのだ、われわれが音楽を奏でるのは、現実の脅威があふれ出してくるのを食い止めるためなのだ、ということであった。いずれにしても四月のこの日を境として、私はツィターの稽古に行くことも、ツィターに触れることも拒んだのである。

はじめての感情の翳りとともにあった楽興の時(モメンツ・ムジコー)のなかで、いまも忘れやらぬもうひとつのものは、奇しくも音のない情景である。なかば廃墟と化していて、戦後廃駅になったS町の旧駅の平屋建て増築部分には、聖歌隊を指導していたツォーベル先生が週に二度、午後の遅い時間に音楽の授業をしていた。とりわけ冬の数か月、あたりがもう真っ暗になると、私は家への帰り道にかつて狭い待合室だった場所の前によく佇んで、中をのぞき込んだものだった。あかあかとした灯火のしたで、先生のひょろ長いちょっとゆがんだ身体が、二重窓によってほとんど聞き取れないほどかすかになった音楽の指揮を執っていたり、教え子のだれかれの肩越しに屈み込んでいたりするのが見えた。教え子のうちのふたりに私はひどく心を惹かれていた。なんとも可憐に首をかしげてヴィオラを弾いている姿に、心臓のあたりが妙にキュッとなるレギーナ・トープラー、そして無上の浄福にひたっているといったおももちでコントラバスの弦に弓を当てて動かしているペーター・ブフナー。遠視がひどくて眼鏡をかけ、苔色をした眼がそのせいで少なくとも実際の倍は大きく見えたペーターは、年がら年中、鹿革の半ズボンに鹿革の緑の上衣といういでたちだった。絆創膏(ロイコプラスト)で何か所も補修してあったコントラバスは、納めるケースがなく、それにどっちみちタンナッハの団地から市内まで、市内からタンナッハの団地まで手に下げていくわけにもいかなかったので、ペーターは持ち運びのときにはたいてい花柄の蠟引き布で包んだだけで干し草用の小さな荷車に載せて紐でくくりつけ、自転車の後ろの荷台にその轅を引っかけていた。そんな格好で週に何回か、夕方の練習の前か後かに、タンナッハの団地から旧駅へ、旧駅からタンナッハの団地へ、自転車をこいでいく姿を見かけたものである。おかしいぐらい背筋をしゃきんと伸ばしてサドルに腰掛け、チロリアンハットを斜めにかぶり、コントラバスの弓が突き出したリュックを背負って、小さい荷車をガタガタ後ろに曳きながら、グリュンテン通りを登ったり降りたりしていた。

ちなみに音楽教師で聖歌隊の指揮をしていたツォーベル先生は、聖ミヒャエル教区教会のパイプオルガン奏者でもあった。この教会は一九四五年四月二十九日の日曜日、荘厳ミサのさなかに塔が直撃弾をくらって、先生が命からがら逃げ出した教会であった。聞いたところでは、先生はそれから一時間、下の町が一面爆撃を受け、家屋が倒壊するなかをさまよい歩いたという。空襲警報解除のサイレンが鳴り渡るとほぼ同時に、何か月も前から伏せっていた奥さんの病室に現れたが、頭から足まで漆喰の粉を浴びていて、まるでS町を襲った惨禍の妖怪といったていになっていた。

それから十数年後——再建なった教会の塔にはもうとうに鐘が取り付けられていた——私は日曜のミサのたびに、先生がオルガンを弾いているのを見に二階の聖歌隊席に上がったものだった。あるとき先生が、身廊に集まっている会衆の歌はどうも合っていない、音を外しているのが誰なのかは聞いているといつでもちゃんとわかる、と私に話したことを憶えている。音程の合わない者のなかで、いちばん声がでかいのは、アダム・ヘルツとかいう人だった。修道院の僧だったのに逃げ出したとのうわさで、アンゼルムという伯父さんの農場で馬丁をして糊口をしのいでいた。

日曜日にはアダム・ヘルツ（心臓）はきまっていちばん右側の、最後列に立った。二階に上がる階段のすぐ脇にある席で、その昔、ミサのあいだハンセン氏病患者を閉じ込めておいた〈らい病部屋〉と呼ばれた一角が何百年とあった、まさにその場所だった。魂のとほうもない苦悶ゆえに気の触れた人ならではの熱烈さで、ヘルツはひとつ残らずそらで憶えているカトリックの聖歌をがなり立てた。顔は苦痛にゆがんで仰向き、顎は突き出され、眼は閉じていた。夏も冬も裸足に錨釘を打った武骨な長靴をはき、牛の糞で汚れた、くるぶしまで届かないほどの丈の作業ズボンを履いていたが、あとは古びたコートを一枚はおっただけで厳寒の日すらシャツもベストもつけず、襟の折り返しの下からもじゃもじゃの灰色の胸毛があばら骨の浮きでた胸に生えているのが見えていて、いま思うと、あれはカフカの『城』の、使者の服を着た哀れなバルナバスの胸にそっくりだった。

信徒のわめき声に伴われて、永遠に変化のない二十数曲をはんぶん寝ながら弾いていた聖歌隊長のツォーベル先生がわれに返るのは、毎回ミサの終わりしな、即興曲を嵐と吹かせて、信徒の群れを教会の扉の外へいわば吹き払うときだった。やがてがらんとし、ために反響が倍になった教会のなかで、先生はまことに大胆不敵、自由自在に、ハイドンの《天地創造》や、ブルックナーの交響曲や、自分好みの曲の一節を変奏した。その間痩せた上半身はメトロノームのように揺れ、ぴかぴかのエナメル靴は、私の眼には人格から独立してでもいるように、ペダルのうえでまぎれもないパ＝ド＝ドゥ（二人の踊り）を踊った。音栓がつぎつぎと引かれ、パイプからあふれ出す音響の波は世界という殿堂を倒壊させそうなくらいで、ときどき心配になるほどだった。最後に和音が高まって頂点に達したとき、この瞬間期せずして襲われたといったふうに先生はへんに身体を硬直させていきなり演奏をやめると、至福の表情を浮かべ、まだ震えている空気をふたたび静けさがひたしていくのに耳を澄ませていた。

教区教会からかつてのリッター・フォン・エップ通りをS町の中心部にむかって行くと、オクセン亭のそばを通る。週日はがらんとしたそこの大広間では、毎週土曜日にリーダーターフェルという歌の会が例会を持っていた。いま甦ってくるのだが、深い雪になにもかもが降り込められたある日、冬らしい無音の世界のなかに聞いたことのない響きがしてきたのに誘われて、私はオクセン亭の大広間に入りこみ、薄暗がりにひとり佇んで目撃したことがあったのだった。何マイルも遠いところにあるように思われた、第一次大戦以前に造られた舞台で、近々上演されると聞いていたオペラの最後の場面がおりしも総ざらいされていた。

オペラというものがなんなのか当時は知らなかったし、衣装を着けた三人の人物と、ぴかぴか光る短剣がはじめ火酒製造主のツヴェンクに、つづいて椅子張り職人のグシュヴェントナーに、しまいに煙草屋のベラ・ウンジンの手に渡ったことがなにを意味しているかもわからなかった。ただ、眼の前で惨劇が繰りひろげられていることは、フランツ・グシュヴェントナーが自殺し、直後にベラが気を失って倒れるよりも先に、重なり合った悲痛な声から聞き取っていた。

それから三十年、なんという驚きだっただろう、それまですっかり忘れていたこの悲劇的な幕切れを、私はロンドンの映画館で、信じがたいことにほとんど同じ衣装で見たのである。電気が通ったみたく藁黄色の髪を逆立てたクラウス・キンスキーが、南米マナウスのアマゾナス劇場の平戸間席のいちばん後ろから舞台を凝視していた（ヘルツォーク監督、キンスキー主演の映画《フィッツカラルド》〔一九八二〕。上述の場面は主人公フィッツカラルドがこの劇場で見るヴェルディのオペラ《エルナーニ》の最終場面）。十六世紀スペインの大公と山賊が繰りひろげる筋書きは、紆余曲折を経て最後の山場に至ったところである。黒い外套に身をくるんだシルヴァが、カルーソー演じる妊婦服のような上衣を着たエルナーニに短剣を渡す。エルナーニはその剣でわれとわが胸を突き、雄々しくもなお最高音域までのぼりつめたあと、悲嘆に暮れるエルヴィーラことサラ・ベルナールの足元に横ざまにくずおれる。サラ・ベルナールはその少し前に夢遊者のごとくに華麗なブラヴーラを歌いながら、木製の義足姿で城の石段を降りてきたところだ。

おしろいを真っ白に塗り、かなりくたびれた感じの灰青色のレースのドレスをまとった彼女は、その昔オクセン亭の舞台に立ったベラ・ウンジンそのままであり、また死に際に舞台からフィッツカラルドを指さした――という気がフィッツカラルドにはした――エンリコ・カルーソーも、鍔の広い山賊の帽子やひねりあげた口ひげや、紫色のストッキングなど、私の脳裡に甦ってくる椅子張り職人、グシュヴェントナーにうりふたつだった。

映画《フィッツカラルド》の最後のシークエンスも、私にとっては人生の特別な時期と結びついている。映画では、言語を絶する苦労のすえに原始林を切り開いてレールが敷かれ、蒸気船が原始的なウィンチで引きずり上げられて、山を越えてひとつの河からもうひとつの河へと移動する。この気違いじみた計画はほぼ成功し、船はついに反対側の河にしずかに浮かぶのだが、ところが祝いの晩、この旅でなく別の旅を望む原住民のジヴァロ族がともづなを解いてしまい、船はたちまち下流にむかって流れ出して、操縦不能に陥ったまま、〈ポンゴの瀬〉の難所に入っていく。フィッツカラルドとオランダ人船長はなすすべもなく沈没を覚悟し、一方ジヴァロ族は甲板に集まって、待ちもうけたよりよい国はもはや遠くないと信じつつ、無言のまま前方を見つめる。

だが事実、船は奇跡的に死の難所を越えるのだ。いささかくたびれ、斜めに傾ぎ(かし)ながらもプリマドンナのごとく優美に、大きな弧を描きながら暗いジャングルを出、光あふれる大河にただよいだす。救済の時であるが、そこへもうひとつ奇跡が起こり、イタリアのオペラ団がマナウスにやって来て、ベルリーニのオペラ《清教徒》を上演するという知らせが入る。次の場面ではすでにその一団が何艘もの小舟に乗ってぞくぞくと到着し、かの船に乗り込んで、演奏し、歌いはじめる。清教徒のとんがり帽子が居並ぶ背後には、段ボールで造った書き割りの山並み——オペラ台本によれば、サウサンプトンあたりということになっている——がそびえる。ふっくらした頬のインディアンが天使もかくやとばかりに美しくホルンを吹き、いったん気が触れながら幸福な結末によって正気を取り戻したエルヴィーラとその恋人アルトゥーロが二重唱に声を合わせ、肉体の別離が乗り越えられた至福をうたって、〈この大いなる愛に祝福あれ(ベネディチ・ア・タント・アモーレ)〉と締めくくる。その間も阿呆船は銀色の大河を滑っていく。こうしてジャングルの奥地にオペラハウスを造りたいというフィッツカラルドの夢は、かたちを変えて実現されたのだ。当人は赤いビロード張りのオペラの椅子にもたれて立ち、巨大な葉巻を口に、妙なる音楽に耳を傾けつつ、船の立てるかるい風を額に感じている。

私がこのオペラ《清教徒》にはじめて出会ったのは二十二歳のとき、マンチェスターのフェアフィールド通りに住むベルリーニ好きの同僚の家でのことだった。さほど遠くないところに、一九〇八年、若きルートヴィヒ・ヴィトゲンシュタインが工学専攻の学生として住んでいたパラタイン・ロードがあった。それから二十年以上のちの昔と同じやはり快晴の日、拷問をテーマとした長丁場の仕事を終え、頭痛に悩まされながら自宅の庭に腰を下ろしていたときに、開け放たれた窓から、ブレゲンツ（オーストリア最西端フォアアルルベルク州の町）からの中継でこのオペラが二度目に聴こえてきた。いまもあのときの心地を憶えている、薬がゆっくりと効きはじめたところで、ベルリーニの音楽は鎮痛作用とまじりあって、私の耳には慰めとも恵みとも聞こえたのだった。しかも夏の蒼い大気を伝わって、ブレゲンツからやってくるのがその音楽であることに、信じがたい思いがした。私の記憶のなかでは、ブレゲンツ音楽祭は、毎年かかさず湖上の舞台で上演されるロルツィング作曲の歌芝居《ロシア皇帝と船大工》と分かちがたく結ばれていたからである。

　ブレゲンツ音楽祭と〈木靴の踊り〉（《ロシア皇帝と船大工》中の一曲）は、思い返すことのできる限り、私にとってはひとつの同じものだった。S町からアルペンフォーゲルのバスでブレゲンツに行くとしたら、それは木靴の踊りを観に行くことにほかならなかった。〈木靴の踊り〉は当時、作曲家フロトフのいくつかの作品、キーンツル作曲《エヴァンゲリマン》の有名なアリアとともに、バイエルン・ラジオで毎日曜日に放送されるリクエスト音楽番組の上位をつねに占めていた。私の家でも、子どもの番組が終わったあとはかならずこの番組を聴いた。匹敵できるものと言ったら、ドン・コサック合唱団の〈ヴォルガ河畔に立つ兵士〉か、ヴェルディの《ナブッコ》の虜囚たちの合唱（〈行け、わが想いよ、黄金の翼に乗って〉）ぐらいだった。

このばらばらの曲の集まりが何を意味していたのか、当時の私にはわからなかったが、いま考えてみると、かつてのドイツ人のこの胡散臭い好みは、祖国の息子たちが東部戦線に送られていった時代となんらかの関わりがあったのではないかという気がしてならない。最近読んだ話であるが、ウクライナの巨大な穀物畑はまぶしいほどに明るく、それで一九四二年夏にここを行軍していったドイツ軍兵士の多くは、眼を痛めないようにサングラスやスキーのゴーグルをかけたという。八月二十三日、すでに陽も薄らぎはじめた時分に第十六戦車師団がスターリングラードの北リノクでヴォルガ河に達したとき、兵士たちははるかな河むこうに、深緑の草原と森に覆われた、無限に広がっているかのような国を見た。終戦後ここに土地を得て住み着けたら、と夢見た者が何人かいたことはわかっている。あとの人々は、ひょっとしたら、この遠土からもはや戻れないことをすでに悟っていただろうか。

「愛しき故郷よ、いつまたおまえに会えようか」——虜囚たちの合唱〈行け、わが想いよ、黄金の翼に乗って〉のドイツ語版の歌詞である。それは、本当の犠牲者はドイツ人なのだ、という決して声に出してはならない漠とした感情のいわば符丁であった。ヘブライ人にもおのれの権利があることにようやく人々が思い至ったのは、いわゆる〈戦後補償〉の一連の流れにおいてである。たとえば九〇年代半ば、ブレゲンツ音楽祭での《ナブッコ》演出では、無名の奴隷を縞の囚人服を着た紛れもないユダヤ人に仕立てていた。いまも悔いているのであるが、そのときの音楽祭が開幕してすぐ、私は祭典の一環としておこなわれたある行事に参加した。そして報酬のほかに、その晩の公演《ナブッコ》の切符を二枚もらったのだった。

切符を手にしたまま、私は最後の観客が入り口に消えてしまうまで劇場前の広場にぼんやりと立って、入場を躊躇（ためら）っていた。年々観客として人々のなかに交じることができなくなったゆえの躊躇いであり、また強制収容所の囚人に仮装した合唱団を見たくないがゆえの躊躇いであり、そしてプフェンダーの峰のうしろに大きな雷雲が湧いているのが見えて、ほかの観客のように折りたたみ傘を持参することを思いつかなかったゆえの躊躇いだった。そうやって立っていると、約束をすっぽかされた男のように見えたのだろう、若い女性が近づいてきて、もしやチケットを余分にお持ちではありませんかと訊ねた。遠くから来たんです、と彼女は言った、売り場でもう残っていないと言われて、がっかりしているところです。私が二枚の切符を差し出して、楽しい晩をお過ごしくださいと言うと、ブレゲンツの《ナブッコ》上演を私がそうすることもできたのに彼女の隣で観ようとしなかったことにいささか拍子抜けした顔をして、礼を言った。

　機会を逃してから半時間後、私はホテルの部屋のベランダに腰を下ろしていた。雷が空に轟いて、いまにも音を立てて雨が落ちてきそうだった。にわかにひどく冷え込んできたが、その前日にオーバー・エンガーディンで真夏というのに雪が降ったことを思えば、不思議はなかった。ときおり稲光が走り、数秒のあいだ、ホテルの下の斜面を覆っている高山植物のロック・ガーデンを浮かび上がらせた。ヨーゼフ・ホーフレーナーなる男が、長年かかって築いた庭である。その日の午後、庭で仕事をしていたのを見かけて話をした人だった。八十はとうに越しているに違いないヨーゼフ・ホーフレーナーは、先の大戦で捕虜になって、スコットランドの伐採隊に入っていたと、そしてインヴァネスほか、ハイランドのいたるところに行ったと語った。職業は学校の教師だった、はじめはオーバーエスターライヒ州、そのあとはフォアアルルベルク州。どこで教育を受けたのですかという問いを私がどうして発したのかもはや記憶にないが、ただ彼の答えはいまも憶えている。ウィーンのクンドマン小路だ、当時同じ学校にヴィトゲンシュタインもいた。ヴィトゲンシュタインは気難しい人間だった、と氏は言って、それ以上を語ろうとしなかった。

ブレゲンツのその晩、就寝前にヴェルディの伝記の最後のあたりを読んだからだろうか、その夜夢を見た。大作曲家（マエストロ）が一九〇一年一月に臨終の床にあったとき、馬の蹄の音が響かないところでしずかに息を引き取ることができるようにと、ミラノ市民はヴェルディの家の前の道路に藁を敷いた。夢のなかで、私は藁に覆われたミラノの通りと、そこを音もなく行き交う箱形の馬車や辻馬車を見た。だが通りの先はと見ると、妙なことに急な登り坂になっていて、その先に真っ黒な、稲光のしじゅう走る空があった。六歳児だったヴィトゲンシュタインがホッホライトの山荘のバルコニーから見た、まさにその空であった。

回復のこころみ

一九四九年、クリスマスを前にして、ヴェルタッハ村エンゲル亭の二階にあったわが家の居間に腰掛けていた私たちの姿が、いまも瞼に浮かんでくる。当時姉は八歳、私は五歳で、ふたりともまだ父にちゃんと慣れずにいたころだった。父はフランスでの捕虜暮らしから一九四七年二月に帰還し、平日は郡庁のあったゾントホーフェンで会社員（とは父の表現であったが）として勤めていたので、土曜の昼から日曜の昼までしか家にいなかった。私たちの眼の前の居間のテーブルには、新しいクヴェレのカタログがひろげてあった。カタログというものを見るのははじめてで、そこに載っている私の眼におとぎ話の世界のように映った品々のなかから、その晩、ながながと話し合ったあとで父が実用的な見地を貫いて、子どもたちにそれぞれ一足ずつ金属の留め金のついた駱駝の毛の室内履きを買うことに決まった。ファスナーはまだ珍しいころだったと思う。

なんにせよ、駱駝毛の室内履きのおまけとして、〈都市カルテット〉というドイツの都市の絵が載ったカードゲームも注文してもらったので、私たちはそれから冬のあいだ、父が家にいるときやお客があったときなどによくこのカードで遊んだものだった。オルデンブルク持ってるか、ヴッパータール持ってるか、ヴォルムス持ってるか、などと訊ね合い、そうした聞いたこともない都市の名前を手がかりに、私は文字が読めるようになった。いま思い出してみるに、クランツエッグ、ユングホルツ、ウンターヨッホといった近在の地名とはまるで異なるそれらの名前を聞いても、その後も長いこと、カードに描かれた絵柄のほかはなにも想像できなかった。たとえばブレーメンはローラント像であり、トリーアはポルタ・ニグラ（黒い門）であり、ケルンは大聖堂、ダンツィヒはクレーン門、ブレスラウは中央広場のぐるりの建物であった。

当時はむろん考えもしなかったが、いま記憶から取り出して並べてみるに、都市カルテットのなかのドイツはまだ分断されていなかった。分断されていないどころか、破壊されてもいなかった。一様に暗褐色をしたその都市の絵は、私の心に早いうちから暗い祖国のイメージを植え付けたのだが、その絵の描くドイツの都市は、例外なく戦前のものであった。ニュルンベルクの城砦の下のぎざぎざの切り妻家屋、ブラウンシュヴァイクの木骨造りの家々、リューベック旧市街の入り口ホルステン門、ドレスデンのツヴィンガー宮殿とブリュールテラス。

それにしても、都市カルテットは読む人としての私の経歴の出発点であったばかりではなく、小学校に行きだしてすぐに始まった私の地理狂いの出発点でもあった。のちの人生でしだいに強迫度を増していく地誌への熱狂であって、私はあらゆる種類の地図帳や折りたたみ地図のうえに屈み込んで、涯てしもない時間を過ごした。都市カルテットに刺激されて、シュトゥットガルトもじきに地図で探し出した。ほかのドイツの都市と較べると、家からそれほど遠く離れているわけではないことがわかった。だがそこまでどうやって行くのかも、その都市がどんな眺めなのかも想像がつかない。なにしろシュトゥットガルトといえば、カードに描かれたシュトゥットガルト中央駅しか思い浮かばなかったのである。後年知ったところでは建築家のパウル・ボナーツ（一八七七〜一九五六）の作品で、第一次世界大戦前に設計されその後ほどなく完成した自然石によるいわば陵堡であって、その角形の野蛮さのなかに、やがて来るべきものの一部がすでに先取りされている建築だった。そればかりではない、こんな突拍子もない飛躍が許されるならであるが、ある絵葉書の裏面に書かれることになる数行の文章をも予感させるものであった。生硬な文字から推測するにおそらくは十五歳ぐらいか、ひとりのイギリスの少女が、渡独してシュトゥットガルトで過ごした休暇について、ヨークシャー州ソルトバーンのミセス・J・ウィンに書き送った絵葉書である。六〇年代の終わり、マンチェスターの救世軍の古物商で私の手に入った。シュトゥットガルトの三つの高い建物と並んでボナーツの駅が写っていたが、妙なことにそれはわが家の、もうとうに失われたドイツの都市カルテットの絵とまったく同じ角度から撮影されていた。

　ベティは——シュトゥットガルトで夏を過ごした少女はそういう名だった——一九三九年八月十日の日付、つまりいわゆる第二次大戦勃発の三週間弱前、私の父がすでに車両部隊の一員としてスロヴァキアからポーランド国境をめざしていたころ、次のように書いた。シュトゥットガルトの人たちはとても親切です、わたしはハイキングをしたり、日光浴をしたり、観光をしたり、ドイツのお誕生会に行ったり、絵を見に行ったり、そしてヒトラーユーゲントのお祭りに行ったりしました（ビーンアウト・トランピング・サンベイジング・アンド・サイトシーング・トゥア・ジャーマン・バースデイパーティ・トゥザ・ピクチャーズ・アンド・トゥア・フェスティバル・オブ・ザ・ヒトラーユース）。

マンチェスターの長い街歩きのさい、表面（おもて）の駅の写真と裏面のメッセージの双方ゆえにこの絵葉書を買い求めたとき、私自身は一度もシュトゥットガルトを訪れたことがなかった。戦後のアルゴイ地方で私が育った時分にはあちこち旅する人などいなかったし、いわゆる奇跡の経済成長がはじまってたまに遠出することがあったにしても、乗り合いバスでチロルやフォアアルルベルクや、せいぜいスイスの中部に行くぐらいだった。シュトゥットガルトのようなまだ破壊の惨状を呈している都市への遠足は需要もなく、それで祖国は、私にとって二十一歳で去るときまでほとんど未知の、なにかしら遠く距たった、いささか気味悪くもある場所であった。

　ボナーツ設計の駅にはじめて降り立ったのは、一九七六年の五月だった。オーバストドルフの学校で一緒だった画家のヤン・ペーター・トリップが、シュトゥットガルトのラインスブルク通りに住んでいると人づてに知ったからである。このときの訪問は、意味深いものとして私の記憶にとどまった。トリップの仕事を一目見て賛嘆し、とともにこのとき、自分もいつか講義やゼミだけではない何か別なことをしたいという考えが脳裡をよぎったのである。トリップがそのとき土産に持たせてくれた銅版画の作品は、精神病に冒された控訴院部長ダニエル・パウル・シュレーバー（一八四二〜一九一一。高級官僚であったが統合失調症を発病。自著『回想録』があり、フロイトも症例研究をした）の頭に、蜘蛛がとまっている——私たちの内部でたえまなく蠢（うごめ）きつづけている想念ほど恐ろしいものがほかにあるだろうか——という絵柄だった。私がのちに書いたものの多くは、元をたどればこの版画に行き着く。手法においてもそうだった——厳密な歴史的視座を守ること、辛抱づよく彫刻すること、そして一見かけ離れているように見える事物を、静物画（ナチュール・モルト）の手法において網の目のように結び合わせること。

以来、問いつづけている。いかなる眼に見えない関係が私たちの人生を定めているのか、いかなる糸が走っているのか、たとえば私がラインスブルク通りを訪れたことと、戦争直後ここにいわゆる避難民(ディスプレイスド・パーソンズ)収容所がおかれていたこと、一九四六年三月二十九日にシュトゥットガルトの警官およそ百八十人がこの収容所をガサ入れし、鶏卵少々の闇取引がせいぜいであとは何も見つからなかったのに銃撃がおこって、妻とふたりの子に再会したばかりの男が落命したこととを繋ぐものは、なんなのか。

私がこうしたエピソードを脳裡から追い払えないのはなぜなのか。近郊電車でシュトゥットガルト中心部にむかうとき、フォイヤーゼー（〈火の海〉の意）駅にさしかかるたびに、自分の頭上がまだ燃えていて、先の大戦の恐怖以来、自分たちはなにか地下のようなところで暮らしているのではないだろうか、たしかに四囲はどこもかしこもこんなに見事に再建されてはいるけれども、といった想いに駆られるのはなぜなのか。メーリンゲンからやって来て、タクシーの後部座席からはじめてダイムラー・コンツェルンの新社屋群を仰ぎ見る冬の夜の旅人にとって、暗闇に燦めくこの光の網が、全世界に散りばめられた星図のように思われるのはいかなるゆえんなのか。シュトゥットガルトのこの星は、ヨーロッパの諸都市やビバリーヒルズやブエノスアイレスの大通り(ブールヴァール)のみならず、ますます拡大していく荒廃の地域、スーダンや、コソボや、エリトリアやアフガニスタンといった、難民を乗せたトラックの切れ目のない隊列が埃っぽい道路を移動していく地域のいたるところで目に付くのだ。

それに私たちが今日居るところから遡っていって十八世紀初頭までは、つまり人類の向上と教導への希望が美しい飾り文字で哲学の天空に書かれていた時代までは、いったいどれほど隔たっているのか。その当時、シュトゥットガルトは藪だらけの斜面と葡萄の丘に囲まれた人口二万ほどの小さな町だった。なにかで読んだのだが、司教座教会だか参事会教会だかの塔の上階には、一般人の住居もあった。この郷（さと）の息子のひとり、詩人フリードリヒ・ヘルダーリン（一七七〇〜一八四三）は、朝早く家畜の群れがマルクト広場に引き出されて黒大理石の泉で水を飲むようないまだ目覚めぬ小都のことを「ふるさとの女王よ！」と誇らしげに呼び、やがてやってくる歴史の暗転とおのれの人生の暗転とをすでに予期したかのように、こう願った――「この他郷の客をやさしく迎えてくれ」（詩「シュトゥットガルト」、手塚富雄訳）。だが暴力の時代はしだいにその相貌を明らかにし、ヘルダーリン個人の不幸がそこに絡まる。革命の巨大な歩みは、途方もない見せ物を提供する、とヘルダーリンは書いている。フランス軍勢がドイツに侵入。サンブル＝ムーズ軍、フランクフルトに接近。激しい砲撃ののち、フランクフルトは大混乱に陥る。ヘルダーリンは家庭教師先のゴンタルト一家とともにフランクフルトを脱出、フルダからカッセルへ逃げる（一七九六年七月のこと）。戻ってからの彼は、階級の壁に妨げられたゴンタルト夫人ズゼッテとの愛について、こうであったらという夢想と現実の可能性の無さとのあいだで心を引き裂かれていく。ズゼッテと日がな一日庭の小屋や四阿（あずまや）にいても、おのれの立場に対する屈辱感にますます打ちひしがれていくだけだ。だからまたしても旅に出るしかない。三十年ほどの正気の人生のうちに、ヘルダーリンは何度徒歩旅行に出たことだろう。レーン山地、ハルツ山地、クノッヘン山（ベルク）、ハレ、ライプツィヒ、そしてついにフランクフルトの職を解雇されたあと、故郷ニュルティンゲンとシュトゥットガルトに戻る。

ほどなくまたスイス、ハウプトヴィルにむかって出立、友人たちに伴われて冬のシェーンブーフを経由し、テュービンゲンへ、その後はひとり荒涼たるアルプの高地を登り、反対側に降りて物寂しい道をジークマリンゲンへ。そこから湖まで十二時間、そして静かな旅、船上の人となる。翌年、家族のもとで短い時を過ごしたあとふたたび旅へ。コルマール、イーゼンハイム、ベルフォール、ブザンソン、リヨン、西へ、そして南西へ、一月のさなかにロワール川上流の低地を行き、雪深い恐ろしいオーベルニュの高地を越え、嵐をつき荒地を抜けて、ついにボルドーに達する。あなたはここで幸福に暮らせますよ、と到着後領事のマイヤーに言われるが、しかし六か月後、ヘルダーリンは疲労困憊し、心の平衡を失い、眼をぎらつかせ、乞食のようななりをしてシュトゥットガルトに舞い戻る。この他郷の客をやさしく迎えてくれ彼の身に起こったのは、いったいなんだったのか。恋人を失ったことなのか、社会的冷遇を乗り越えられなかったことなのか、それとも不幸の果てにあまりにも多くを予見してしまったことだったのか。彼は知っていたのだろうか、祖国が彼の思い描いた平和な美しい未来像から背をむけて、やがて彼のような人間を監視し、幽閉するようになることを、そして彼の居場所が結局あの塔のほかはなくなってしまうことを（狂気に陥ったヘルダーリンは後半生の三十年余をテュービンゲンの通称〈ヘルダーリン塔〉で過ごした）。文学がなんの役に立つのか（ア・クワ・ボン・ラ・リテラテュール）。

役に立つとすればおそらくはただ、想い起こすことに、そして奇妙な、因果律によっては究明できない連関があることが理解できるようになることに。たとえばかつての居城都市、のちの工業都市シュトゥットガルトと、七つの丘の上にひろがるフランス・コレーズ県の都市チュール――「気取った町です（エ・ラ・デ・プレタンシオン）、この町は（セットゥ・ヴィル）」とここに住む女性が以前私に書き送ってきたことがある――との連関を。ヘルダーリンはボルドーへの途上でこの町を通った、そして一九四四年六月九日、つまり私がヴェルタッハのゼーフェルダー館でいわゆるこの世の光を見てからちょうど三週間後、またヘルダーリンの死から百一年後のほぼその日、報復をはかるナチスのＳＳ師団〈帝国(ダス・ライヒ)〉によって町の男全員が武器工場に駆り集められた。そのうち九十九人のあらゆる年代の男が、いまもチュール市の記憶に翳を落とすこの暗い一日に、スイヤック営舎の街灯やバルコニーの手すりに吊されて死んだ。残りの男たちはナッツヴィラーやフロッセンビュルクやマウトハウゼンといった強制労働収容所や絶滅収容所に送られ、多くの者が石切場で死ぬまで酷使された。

　とすれば、文学は何のためにあるのか。「わたしもまた、あの幾千のひとびとと同じさだめを受けるのか？」とヘルダーリンは自問する。「彼らはその春の日々には予感し愛しながら生きたのに、／酔いしれた日に、復讐するパルツェたちに捕らえられて／声もなく、歌もなく、ひそかにあの深いところへ引き下ろされ、／あまりにもあじけないあの国のなかで、闇のなかで、あがないをしているのだ。／そこでは、いつわりの光のもとでうろたえた群(むれ)がうごめき、／遅々と過ぎゆく時の歩みを氷と枯渇だけによって数えていて、／ただ嘆息のなかだけで、人間は不死のものたちを讃えるのだ。」（詩「エレギー」、浅井真男訳）これらの詩行のなかで死の境を越えていく概観的なまなざしは、翳りをおびつつ、同時に不正の極みを身に受けた者たちへの追憶に光を投げかけもしている。書くことにはさまざまな形がある。しかし事実の記録や学問を越え出て、回復(レスティトゥチオン)のこころみがおこなわれるのは文学においてのみだろう。そのような務めをみずからに課した建物（シュトゥットガルト文学館）がシュトゥットガルトにもまた存在することは場違いではない。この建物と、この建物を宿らせているこの町とに、よき前途あれと願っている。

ドイツ・アカデミー入会の辞

私は一九四四年にアルゴイ地方に生まれましたので、人生の始まりのころに起こった破壊についてある程度意識をして、理解するまでには、だいぶん時間を要しました。子どものころ、大人たちの話でときおり〈転覆〉ということばは耳にはさんでいましたが、その転覆が何を意味しているのかは知りませんでした。私たちの恐ろしい過去のことがはじめてぼんやりとわかった気がしたのは、ある晩、四〇年代の終わりでしたけれども、プレットの製材所が全焼し、それでみんなが家から走り出、村はずれまで行って、真っ黒な夜空を焦がす炎に眼を凝らしたときだったかと思います。のちに学校にあがってみると、わずか十五年前に起こった出来事よりも、アレクサンダー大王やナポレオンの遠征のほうが重視されていました。大学に入学しても、ドイツの直近の過去についてはほとんどなにひとつ耳にしませんでした。ドイツ文学は当時、ほとんど意図してと言ってよいかと思うのですが、みずからの眼を塞いだ学問になっていました。蒼ざめた馬に乗っていた（死を象徴する）、とヘーベルなら言っていたかと思います。冬学期は初級ゼミナールでまるまるホフマンの『黄金の壺』を搔きまぜて過ごしましたが、この一風変わった物語（一八一四年作）が、それが書かれた直前の時代の現実の出来事、ドレスデン近郊の屍体の原や、エルベ沿岸のその町を覆っていた飢餓や疫病とどう関わっていたのかについては、ひと言も語られることはありませんでした。一九六五年にスイスに行き、その一年後にイギリスに行ってからようやく、その距たりのなかから、祖国についての思考が私の頭に形づくられるようになりました。その思考は、私が外国に住んで三十年以上を経るうちにますます込み入ったものになっています。戦後に成立した連邦共和国は、まるごと、私にはなにか妙に現実感がないもの、なにかこう、いっこうに終わろうとしない既視感（デジャヴュ）を伴うものに思われます。私にとってイギリスは客人としての故郷であって、彼（か）の地でも、親しみの感情と場所への違和感（ディスロケーション）のあいだで揺れていることに変わりはありません。あるとき、夢を見ました。ヘーベルと同じ夢です、私はパリで、売国奴にして詐欺師なのだと正体を曝かれたのでした。そういう憬れがあるだけに、アカデミー会員になることは、是認（レギティマチオーン）の思いがけないかたちとして、私には喜びをもって受け入れられることであります。

編者あとがき

本書『カンポ・サント』は、二〇〇一年十二月十四日に交通事故によって逝去したW・G・ゼーバルトの散文を収録したものである。『アウステルリッツ』が出版されたのは死の少し前のことで、執筆を終えたばかりのゼーバルトは、新しい書物にはまだ着手していなかった。しかしながら、ひとつの作品が未完のまま残された。九〇年代のなかば、『土星の環』（一九九五年）の刊行後、すでにコルシカ島についての本を書きはじめていたのである。しかしゼーバルトは、その後エッセイや『アウステルリッツ』の執筆を優先して、この書物を断念したのだった。コルシカ・プロジェクトの一部は、一九九六年以後に独立したテクストとして、それぞれ異なった場所で発表された。長めのものは、二〇〇〇年にデュッセルドルフ市ハイネ賞を受賞したおりに、受賞のことばとして用いられている。本書の第一部はそうしたテクストをはじめて集め、「アジャクシオ短訪」（「昨年の九月、コルシカ島での二週間にわたる休暇滞在のおりに……」）、「聖苑（カンポ・サント）」（「ピアナに着いたあくる日私が最初にたどった路は……」）、「海上のアルプス」（「むかし、コルシカ島がすべて森に覆われていた時代があった」）、最後に掌篇「かつての学舎の庭」として整理したものである。それぞれが独立したテクストであるコルシカ四篇は、たしかに集まっても不完全なスペクトルしか形作らず、断念された書物が示すはずであった色彩の全容を見せてはくれない。しかしここに集められたことによってそれぞれの部分は新しい光を浴びて、たがいに照らし合っている。ゼーバルトの遺稿は整理も編集もまだおこなわれていないが、最近の文学的な仕事はこれらのほかにはない。コルシカ・プロジェクトが最後のものであり、早世した作家の未完の作品となった。

本書の第二部は、エッセイストであり、批評家でもあるゼーバルトのもうひとつの面を示している。オーストリア文学について論じた二冊“*Die Beschreibung des Unglücks*”（『不幸の描写』）（一九八五年）、“*Unheimliche Heimat*”（『不気味な故郷』）（一九九一年）はすでに刊行をみていた。そこに近作として加わったのが、“*Logis in einem Landhaus*”（『鄙の宿』）（一九九八年）と、賛否両論を巻き起こしたアルフレート・アンデルシュについてのエッセイを併載した『空襲と文学』（一九九九年）である。本書に成立の年代順に収められたエッセイにも、右記の著作に見られる流れが同様にあらわれている。いずれも当初、学術刊行物、文学系の雑誌、新聞の文芸欄に発表されたもので、書籍のかたちではこれがはじめての刊行となる。初期の学術的テクスト――もっとも古いペーター・ハントケの『カスパー』論は一九七五年のものである――にはすでにペーター・ヴァイス、ジャン・アメリーといった作家への取り組み（ヴァイス論およびアメリー論は、邦訳では既刊『空襲と文学』に移したため、本書には収録されていない）、および、やがてゼーバルト文学の中心を占めることになる破壊・哀悼・想起といったテーマへの取り組みがみられるとともに、スタイルの独自性が醸し出されていくさまがみてとれる。しかし、脚注がすっかり影をひそめ、学術的な検証可能性という積荷が投げ捨てられて、かわりにゼーバルト特有のトーンが生まれるのは、エルンスト・ヘルベック、ウラジーミル・ナボコフ、フランツ・カフカ、ヤン・ペーター・トリップ、ブルース・チャトウィンに寄せた後期のエッセイからである。それらは九〇年代初頭以降の、『目眩まし』（一九九〇年）、『移民たち』（一九九二年）、『土星の環』、『アウステルリッツ』といった作品が成立した時期ともかさなっている。ミュンヘンのオペラ・フェスティバル開幕にあたってのスピーチ「楽興の時」と、シュトゥットガルト文学館の開館記念スピーチ「回復のこころみ」は、ともに没年のものであるが、ここではもはや作家とエッセイストのあいだに区別はつかない。ゼーバルトは一九九三年にはすでに「私の手段は散文であり、小説（ロマーン）ではありません」とジークリット・レフラーがおこなったインタビューで明らかにしているが、その原則を実行したのが彼の書きものであった。本書の最後には、〈ドイツ言語・文芸アカデミー〉への入会を受諾したさいのスピーチを収録した。ゼーバルトはここで、かつてヨーハン・ペーター・ヘーベルが見たのと同じ、「売国奴にして詐欺師なのだと正体を曝かれた」夢を見たと報告し、そのような懼れがあるだけに、アカデミーへの入会は「是認の思いがけないかたち」であると感じる、と述べている。ゼーバルトの書物が多くの読者に受け入れられ、その思想が真摯に議論されていることは、いまひとつの、おそらく思いがけないわけではない、間違いなく誉れある是認であろう。

スヴェン・マイヤー

解説、あるいは架空の対話

池澤夏樹

別の土地に生まれることと、別の時代に生まれること。

どちらがより遠く人を隔てるだろうか？

W・G・ゼーバルトの書いたものを読んでいると、この人と自分の近さに「目眩まし」感を覚える。彼とぼくの間で関心の対象がいくつもいくつも重なっているのだが、それを説明するには年号を持ち出すしかないらしい。日本でぼくより二十年前に生まれた誰かや二十年後に生まれた誰かより、遠いドイツでほぼ同時期に生まれた彼の方がずっと身近に感じられる。

彼は一九四四年五月十八日に生まれ、ぼくは一九四五年七月七日に生まれた。一年ほどの差は、この間にそれぞれの国が敗戦という大きな角を曲がったことを思えば、無視できるものである。なぜならぼくたちは共に荒廃の中からやりなおした「戦後」の子だから。

会ったことも話したこともない以上、この親近感はもっぱらそれぞれの人生における体験や、その時々に見たものや読んだものへの反応によって実感される。本当ならば会って長い時間をかけて話したかったと思う話題が少なくない。一九九五年にぼくが初めてドイツに行った時ならば会えた、とまるで現実的でないことを考える。しかしあの時はぼくの本の独訳はまだなかったし、ゼーバルトの邦訳もなかった。互いに知りようもなかったか。

それでも、夢想ないし仮定の話として、ぼくがその年の三月二十四日の午後にハイデルベルクからミュンヘンへ行くために乗ったあの汽車の中でたまたま彼と隣り合わせに坐り、たまたま英語で話が始まったとしたら、三時間の移動の間ずっと話したとしたら、それはずいぶん愉快な会話になったのではないだろうか。

彼が「五〇年代、私が小学校に入る少し前にニューヨーク在の伯母テレーズが五百マルクという気の遠くなるような金をはたいてグルンディヒ社の新しいラジオを買ってくれたのだが……」と言うのに対して、ぼくの場合は小学校に入って間もなく、兵士専用のデパートで売り子をしていた母が買ってきたフィルコ社の新しいラジオのことを話しただろう。ぼくたちはアメリカ文化に救われた敗戦国の二人の子供だった。テレビ以前、インターネット以前にラジオというメディアが持っていた圧倒的な力をよく知っていた。

その先はもちろん文学や映画の話になる。世界に対するブッキッシュな姿勢においてぼくと彼はよく似ている。

まずはぼくたちより三、四歳年上のペーター・ハントケと、ぼくと同年のヴィム・ヴェンダースのこと。

ハントケの戯曲『カスパー』を論じながらゼーバルトは同じハントケの『ボーデン湖の騎行』を引き合いに出して、「子どものとき、私はなにかがほしいときにはまずかならずそれを名前で言わなければならなかった」という台詞を引用する。

子供と世界が名前を介して出会う。なんと美しい概念かと思いながら、この偶然のきっかけを得て、ぼくはヴェンダースが『ベルリン　天使の詩』のはじまりのところに引用しているペーター・ハントケの詩を思い出す——

子供は子供だったころ
腕をブラブラさせ
小川は川になれ　川は大河になれ
水たまりは海になれと思った

子供は子供だったころ

自分が子供とは知らず
すべてに魂があり
魂はひとつと思っていた

子供は子供だったころ
なにも考えず　癖もなにもなくて
あぐらをかいたり
とびはねて
小さな頭に大きなつむじ
カメラを向けても知らぬ顔

真っ白な画面に詩が現れ、朗読する子供の声が聞こえる。詩のタイトルは映画にはなかったと思う。なぜともわからぬまま、ぼくはこの詩に強く惹かれた。ハントケに対する敬意を論じて、ぼくとゼーバルトはしばらく話しただろう。理屈や教養ではなく、いわば時代の雰囲気のようなものをぼくたちは共有している。

ヴェンダースのことならばぼくはまだまだたくさん言うことがある。その延長上でテオ・アンゲロプロスやタルコフスキーの話もできたはずだ。

木に対する思いはどうだろう？
まずは、「人類学では、人間が樹木のない環境に置かれて、上方へ逃げる可能性がまったく失われたことが、神話素（ミュトロゲーメ）の創出につながったのではないか」という仮説を紹介するゼーバルトに賛同の拍手を送ろう。

地中海の島でいえば、ぼくはエーゲ海やアドリア海の島の多くを知っており、彼はコルシカに入れあげていた。だから「むかし、コルシカ島がすべて森に覆われていた時代があった」と書く気持ちがよくわかる。

昔々、人間は農耕を始め、生産性を高め、やがてその余剰の食糧を持ちよって都市を造り、文明を築いた。燃料を都市周辺の森に仰いだから、森の木々を使い尽くすとその文明は亡びた。それが繰り返されて、木が石炭や石油になっても使い尽くしの原理は変わっていない。これは今ならば常識と言えるが、しかし、この知見が常識になる過程を同時代的に辿ったのがぼくやゼーバルトの世代だったのだ。それはヨーロッパでも日本でも変わらない。

その森の喪失をゼーバルトはエドワード・リア（あのナンセンス詩の詩人）を引いて伝え、その例証としてヴィヴィアン・ドゥ・サン・マルタン編になる『地理事典』を挙げる。

ハイデルベルクからの汽車に乗り合わせた架空のぼくは、少しゼーバルトをからかう気になって、その事典にメルキオール・ヴァン・ド・ヴェルデが書いている「(コルシカの) バヴェラの森ほどに美しい森を見たことはない、これほどの森はスイスにも、レバノンにも、インドシナにもなかった」という証言はどうだろうかと問うだろう。いずれにせよスイスはすっかり牧場化された国だから原始林などあるはずがない。その意味でいえば、ドイツのシュヴァルツヴァルトも含めて、ヨーロッパはすべて落第(ただし、それをぼくが身体感覚で思い知ったのは二〇〇四年から五年間のフランス暮らしであり、その時にはゼーバルトはもうこの世にはいなかったのだが)。

「インドシナにない、はどうかな?」とぼくは列車の中でゼーバルトに聞く。「鉄木などはすべて切り出されたとしても、熱帯雨林はまだ残ってはいないか?」

「そちらの地域はきみの方が詳しいだろう」

「ハワイイでも白檀は白人が入ってすぐの段階ですっかり伐り尽くされたけれど。それより、やっぱりメルキオールがレバノンというのはおかしい。言いたいのはレバノン杉のことでしょう。あれが茂っていたのは古代の話だから」

「でも、レバノンは今も杉のシルエットを国旗の真ん中に掲げているよ」

「それは彼らの古代コンプレックスの表れで……」

こういう会話が汽車の中でいつまでも続く。

その後でふと二人のうちのどちらかがブルース・チャトウィンの名を口にする。後はもうすっかりこの話題で盛り上がる。『パタゴニア』の最初のところにある「ブロントザウルスの毛皮」の話から始めてぼくは自分の小さなパタゴニア体験のことを話せるだろう。あるいはチャトウィンが『ソングライン』で書いている聖具チュリンガのことを。

とは言うものの、この架空の対話は次第にアナクロニズムの落とし穴に陥ってゆく。ぼくがゼーバルトに会ったのが一九九五年だとすると、二〇〇九年に行ったパタゴニアのことはまだ話せない。チュリンガの実物をオーストラリアで見たのが二〇〇三年だからこれも無理。

しかし彼が丁寧に読んでいるニコラス・シェイクスピアの伝記のことは噂としては話せる……というのも無理か。この伝記が書かれつつあることをぼくがロンドンで聞いたのが一九九五年の春、つまりこの架空の対話のすぐ後だ。ミュンヘンの駅でゼーバルトと別れて（ということにして）、その後、ベルギー経由でイギリスに渡り、ロンドンで生前のチャトウィンを知る人たちに会って話を聞いた。その時にみなが言ったのが、「彼の伝記ならば、今、ニコラスが書いているから……」ということだった。それを後にゼーバルトは読んだ。

それならば、今、会って話をすればいいのだ。ぼくは『移民たち』はじめ彼の主要な作品を邦訳で読んでいるわけだし、彼の方もぼくの『マシアス・ギリの失脚』を独訳で読むことができる。たくさんの話題を巡って、たぶん大量のビールやヴルストと共に、ぼくたちは長々と喋ったことだろう。

と考えたところで現実に戻って、二〇〇一年の彼の唐突な死は理不尽だとつくづく思った。すべての死は理不尽だが、彼の場合は格別にその感が強い。

二〇一一年二月　札幌

訳者あとがき

鈴木仁子

ゼーバルトの突然の死から二年後の二〇〇三年、遺稿を含む散文やエッセイをハンブルク在住のドイツ文学者、スヴェン・マイヤーが編んだのが、本書『カンポ・サント』である。前半はコルシカ島を舞台とした四つの短い散文作品からなり、後半は、一九七五年から二〇〇一年までに発表された論文やエッセイをおもに年代順に収録してある。

ゼーバルトは『土星の環』の脱稿後、一九九五年の九月三日から十七日までコルシカ島を訪れた。「ゼーバルトのコルシカ・プロジェクト」と題して遺稿についての解説を書いているウルリヒ・フォン・ビューローによると、コルシカを舞台として、『土星の環』と同じような旅行記の体裁をとった散文作品を執筆するつもりだったらしい。旅行後、私信に「コルシカ島の自然学＝人間学のためにいろんなものを集めた」が「これがどうなるか（ならないか）は神のみぞ知る、だ」と書いたゼーバルトだったが、再度のコルシカ行きをはさんだ一年半後の一九九六年十二月、同じ人物に宛てた手紙に「きみにはもう言ったけれども、甲斐ない努力を重ねたすえに結局コルシカ・プロジェクトはお蔵入りにした。いじればいじるほど、悪くなっていくような気がした。いまは何か新しいものを始めないといけない、再びこんなふうにならないといいのだが」と企図の断念を書き送っている。つづく長篇『アウステルリッツ』が上梓されたのが二〇〇一年であったから、「コルシカ・プロジェクト」はその二つを繋ぐ幻の散文となった。

結果、「コルシカ・スケッチ　自然学＝人間学のために」と題された二種類の手書きの草稿が遺された。これが先述のフォン・ビューローの編集により二〇〇八年に公表されている（"*Wandernde Schatten—W.G.Sebalds Unterwelt*"）。途中で放棄された最初の草稿は日記体であった。二つ目の草稿（およそ九十頁ほどか）は、おなじみの語り手〈私〉が知己を得た飛行家の話で幕を開ける。地上を離れることへの情熱がさまざまに語られるなか、〈私〉はこの飛行家とともに空を飛んでコルシカに到着。語りは例のごとくに多様な脱線を重ねながら、コルシカの自然、そして森を恐怖し火を使って破壊する人類に話題が及んだところで途切れている。

資料の束のなかには、執筆の構想をキーワードによる六章立てで示した見取り図もあった。たとえばⅡには「カンポ・サント」とある（無論それが本書のものと同一かどうかはさだかでない）。着手されないまま終わった章には、十八世紀コルシカの歴史と啓蒙主義、ナポレオンと世界征服の諸幻想などのテーマがあった。「セラフィーヌとダニエル、パリの美術館」とあるⅥでは、コルシカに生まれてレジスタンスと女性運動に係わり、アウシュヴィッツで死んだ女性ダニエル・カサノヴァが、本書所収の「かつての学舎の庭」に名の挙がる架空の人物セラフィーヌ・アカヴィヴァを介して取り上げられる予定だったらしい。いずれにせよ、この構想は志半ばで放棄された。その後ゼーバルトは草稿を断片的に用いて本書収録の短篇などとして発表し、また他のいくつかのモチーフを変奏させて次作『アウステルリッツ』に組み入れていったのである。

コルシカにおける死者の埋葬の風習を語る「聖苑（カンポ・サント）」（イタリア語で「聖なる場所」が原義であり、「墓地」を意味している）、人間による自然の破壊に想いを巡らす「海上のアルプス」、そしてヨーロッパ制覇を企てたナポレオンの生家を見学したときの「アジャクシオ短訪」。暴力や破壊、あるいは死や追悼といった、従来の読者にすでに親しいテーマが、紛れもないゼーバルトのトーンで語られている。エッセイ篇にしても同様であって、ナボコフにおいては死者が生者とともにあり、カフカは生きながらにして自分を亡霊のように感じる。先のアメリー論やヴァイス論がそうだったように、ナボコフ、チャトウィン、カフカ、ヒルデスハイマーら、それぞれの意味でこの地上の重さを去ろうとした者たちについて語りながら、ゼーバルトはおのれ自身を語り、みずからの文学的手法をそこに確かめたのだった。先述の〈飛行〉のモチーフも思い出されるが、事物を細部まで凝視しつつ、少しだけ地上から浮き上がって自身と風景を見つめる眼を持つこともそのひとつだったろう。いかに書くのかという問いは、言語について考察した最も早いハントケ論にすでに表れていた。よく考えられた編集の賜物であろうが、本書は『空襲と文学』を含め、作家の全体像を明らかにするには欠かすことのできないアンソロジーである。

なお、ドイツ語版原著に収録してあったジャン・アメリー論（「夜鳥の眼で」）とペーター・ヴァイス論（「苛まれた心」）は、英語版では『空襲と文学』に移されている（これは著者の希望であったという）。「編者あとがき」の割り註にも記したが、邦訳もそれにならったため、本書では省かれていることをお断りしておく。

いつものとおり多様な引用があった。このたびは作品の性質上、多くになんらかの方法で原著名が示唆されている。翻訳のあるものはその恩恵に浴しておおむねそのまま使わせていただいたが、訳書名や頁数が記載されているものでも、場合によっては本書の内容に合わせて改訳させていただいた。訳者の方々のご理解とご寛恕を乞うとともに、心からの感謝を申し上げたい。

訳者略歴
一九五六年生まれ
名古屋大学大学院博士課程前期中退
椙山女学園大学教員
翻訳家

主要訳書
ベーレンス「ハサウェイ・ジョウンズの恋」
ゲナツィーノ「そんな日の雨傘に」
ゼーバルト「アウステルリッツ」
「移民たち」
「目眩まし」
「土星の環」
「空襲と文学」
「鄙の宿」（以上、白水社）

カンポ・サント（新装版）

二〇二一年一〇月　五日　印刷
二〇二一年一〇月二五日　発行

著　者　W・G・ゼーバルト
訳　者 ©　鈴（すず）木（き）仁（ひと）子（こ）
装幀者　緒　方　修　一
発行者　及　川　直　志
印刷所　株式会社　理　想　社
発行所　株式会社　白　水　社

東京都千代田区神田小川町三の二四
電話　営業部〇三（三二九一）七八一一
　　　編集部〇三（三二九一）七八二一
振替　〇〇一九〇-五-三三二二八
　　　郵便番号　一〇一-〇〇五二
www.hakusuisha.co.jp
乱丁・落丁本は、送料小社負担にてお取り替えいたします。

株式会社松岳社

ISBN978-4-560-09871-4

Printed in Japan

原 注

異質・統合・危機――ペーター・ハントケの戯曲『カスパー』

(1) Peter Handke, *Kaspar* (Frankfurt, 1968), p. 12. ペーター・ハントケ『カスパー』(龍田八百訳，劇書房，1984 年，8 頁).
(2) Jakob Wassermann, *Caspar Hauser* (Frankfurt, 1968), p. 5.
(3) Friedrich Nietzsche, *Unzeitgemäße Betrachtungen* (Stuttgart, 1964), p. 101. フリードリヒ・ニーチェ『反時代的考察』[ニーチェ全集第 4 巻] (小倉志祥訳，理想社，1980 年，102 頁).
(4) 上掲書 p. 109.
(5) Wassermann 前掲書 p. 16.
(6) 上掲書.
(7) Handke 前掲書 p. 99 参照，邦訳 109 頁.
(8) Wassermann 前掲書 p. 20.
(9) Rudolf Bilz, *Studien über Angst und Schmerz - Paläoanthropologie* Bd. I/2 (Frankfurt, 1974), p. 278.
(10) Franz Kafka, *Erzählungen* (Frankfurt, 1961), p. 158. フランツ・カフカ「ある学会報告」『断食芸人』(池内紀訳，白水社，2006 年，75 頁).
(11) Hugo von Hofmannsthal, *Terzinen - Über die Vergänglichkeit* (Frankfurt, 1957), p. 16.
(12) David Cooper, *Der Tod der Familie* (Hamburg, 1972), p. 37.
(13) Peter Handke, *Die Dressur der Objekte*. In: Ich bin ein Bewohner des Elfenbeinturms (Frankfurt, 1972), p. 145.
(14) 上掲書 p. 144.
(15) 上掲書 p. 145.
(16) Peter Handke, *Ritt über den Bodensee* (Frankfurt, 1972), p. 95.
(17) Robert Musil, *Der Mann ohne Eigenschaften* (Berlin, 1930), p. 496 参照　ローベルト・ムージル『ムージル著作集　特性のない男』(加藤二郎訳，松籟社，1992 年).
(18) Handke, *Kaspar*, p. 20. 邦訳 17 頁.
(19) 上掲書 p. 21. 邦訳 18 頁.
(20) Lars Gustafsson, *Die Maschinen*. In: *Utopien* (München, 1970), p. 39.
(21) Handke 前掲書 p. 50f. 邦訳 57 頁.
(22) 上掲書 p. 75f. 邦訳 80 頁.

(23) 上掲書 p. 55. 邦訳 62 頁.
(24) 上掲書 p. 56.
(25) 上掲書 p. 57.
(26) 上掲書 p. 58.
(27) 上掲書 p. 92. 邦訳 102 頁
(28) 上掲書 p. 31. 邦訳 33 頁
(29) 上掲書 p. 93. 邦訳 103 頁
(30) 上掲書 p. 101.
(31) David Cooper, *Psychiatrie und Antipsychiatrie* (Frankfurt, 1971), p.II.
(32) Peter Handke, *Wunschloses Unglück* (Frankfurt, 1974), p. 48. ペーター・ハントケ『幸せではないが，もういい』(元吉瑞枝訳，同学社，2002 年，63 頁).
(33) Ernst Cassirer, *Sprache und Mythos*, Studien der Bibliothek Warburg (Leipzig/Berlin, 1925), p. 5. エルンスト・カッシーラー『言語と神話』(岡三郎・岡富美子訳，国文社，1972 年，16 頁).

歴史と博物誌のあいだ——壊滅の文学的描写について

(1) Heinrich Böll, *Hierzulande - Aufsätze zur Zeit* (München, 1963), p. 128.
(2) Heinrich Böll, *Frankfurter Vorlesungen* (München, 1968), p. 121.
(3) Hans Erich Nossack, *Er wurde zuletzt ganz durchsichtig - Erinnerungen an Hermann Kasack*. In: Pseudoautobiographische Glossen (Frankfurt, 1971), p. 50. 初出：Im Jahrbuch der Freien Akademie der Künste (Hamburg, 1966)
(4) ノサックは前述の論考で，カザックの小説を〈世界的成功〉だと述べている．前掲書 p. 50 参照
(5) Hermann Kasack, *Die Stadt hinter dem Strom* (Frankfurt, 1978), p. 18. ヘルマン・カザック『流れの背後の市』(原田義人訳，新潮社，1954 年，上巻 25 頁).
(6) 上掲書 p. 10. 邦訳上巻 10 頁.
(7) ノサックの表現による．*Pseudoautobiographische Glossen*, p. 62 参照.
(8) Kasack 前掲書，p. 152. 邦訳上巻 160 頁.
(9) 同上.
(10) 上掲書 p. 154. 邦訳上巻 162 頁.
(11) 上掲書 p. 142. 邦訳上巻 150 頁.
(12) 上掲書 p. 314.

(13) 上掲書 p. 315. 邦訳下巻 75 頁 同様にして時代の現実を消してしまっているのが，アルノー・シュミットの 1949 年の散文作品『レヴィアタンまたは最善の世界』である．同書では，否定的宇宙原理はたえず自己実現するという説が，物理的・哲学的詭弁をまじえて呈示されている．

(14) Nossack, *Pseudoautobiographische Glossen*, p. 47 参照：「本物の文学は当時秘密の言語であった」．

(15) Kasack 前掲書，p. 384.

(16) Hans Erich Nossack, *Der Untergang*. In: *Interview mit dem Tode* (Frankfurt, 1972), p. 209. ハンス・エーリヒ・ノサック「滅亡」『死神とのインタヴュー』（神品芳夫訳，岩波文庫，1987 年，304 頁）．

(17) 上掲書 p. 225. 邦訳 325 頁．

(18) 上掲書 p. 233. 邦訳 335 頁．

(19) 上掲書 p. 230. 邦訳 332 頁．

(20) 上掲書 p. 229. 邦訳 331 頁．

(21) 上掲書 p. 210. 邦訳 305 頁．

(22) 上掲書 p. 209. 邦訳 304 頁．

(23) 自伝的エッセイ *Dies lebenlose Leben*（「生なき生」）より．ノサックはこのエッセイでファシズム体制下で送った時代のことを綴っている．ここは，犠牲者側に属することを望んで 1933 年に自殺したかつての同級生について述べた箇所．

(24) とくにカネッティ『群衆と権力』，ヴァイス『両親との別れ』，ヒルデスハイマー『テュンセット』をあげておく．

(25) Nossack, *Interview mit dem Tode*, p. 193「クロンツ」［『死神とのインタヴュー』］282 頁．こうした態度をとる登場人物の〈古典的〉な例は，アルフレート・アンデルシュのさまざまな意味で胡乱な長編小説『ザンジバル　もしくは最後の理由』に出てくる，長靴を履いて死んでいった牧師ヘランダーであろう．

(26) Nossack, *Pseudoautobiographische Glossen*, p. 21.

(27) Nossack, *Der Untergang*, p. 254. 邦訳 364 頁

(28) 同上

(29) Nossack, *Pseudoautobiographische Glossen*, p. 20.

(30) Hans Erich Nossack, *Bericht eines fremden Wesens über die Menschen*. In: *Interview mit dem Tode*, p. 8.「人間界についてのある生物の報告」『死神とのインタヴュー』8 頁．

(31) Nossack, *Der Untergang*, p. 204. 邦訳 298 頁．

(32) 上掲書 p. 205 および p. 208. 邦訳 299 頁および 302〜303 頁．

(33) 上掲書 p. 211f. 邦訳 307〜308 頁．

(34) 上掲書 p. 226f. 邦訳 327 頁．

(35) Victor Gollancz, *In Darkest Germany* (London, 1947). 同書は新聞記事，手紙，自身の手記などを集めた報告集．文学書として書かれたものでないために，かえって終戦直後のドイツの状況を正確に伝えている．そのうちの一章「ブーツ，この悲惨」はドイツ人が履いていた靴について書いたもので，約20枚の靴の写真が添えられている．まさにぼろぼろというしかない靴は，博物誌的現象との印象をあたえるとともに，〈しっかりした靴〉という概念がドイツ人にとって後々までいかに重要になっていったかについても考えさせられる．クルーゲは過去と現在の状況をドキュメンタリー手法によって結んでいるが，その先駆けとも言える例．なお，ゴランツは戦争直後，ドイツ人のために尽力した数少ないスポースクマンの一人である．また強制収容所におけるユダヤ人虐殺について最も早い時期に声を上げ，対抗策を提案した数少ない人々の一人でもあったが，反響は少なかった（*Let my People go - some practical proposals for dealing with Hitler's massacre of the Jews and an appeal to the British Public*, London, 1943. このテーマについては，次の印象的な研究書も出版されている．T. Bower, *A Blind Eye to Murder*, London, 1981.）

(36) Böll, *Frankfurter Vorlesungen*, p. 82.

(37) Nossack, *Der Untergang*, p. 216. 邦訳313頁.

(38) Böll, 前掲書 p. 83.

(39) Nossack, *Der Untergang*, p. 243. 邦訳348頁.

(40) Alexander Kluge, *Neue Geschichten*. Hefte 1–18, "*Unheimlichkeit der Zeit*" (Frankfurt, 1977), p. 102.

(41) Theodor W. Adorno, *Prismen* (München, 1963), p. 267.

(42) Kasack, 前掲書，p. 82.

(43) 上掲書 p. 22.

(44) Nossack, *Der Untergang*, p. 217. 邦訳315頁.

(45) Elias Canetti, *Die gespaltene Zukunft* (München, 1972), p. 58.

(46) Nossack, *Der Untergang*, p. 219. 邦訳316頁.

(47) 上掲書 p. 248f. 邦訳356頁.

(48) Nossack, *Interview mit dem Tode*, p. 256 参照「オルフェウスと…」『死神とのインタヴュー』370頁

(49) Adorno, *Kierkegaard - Konstruktion des Ästhetischen* (Frankfurt, 1966), p. 253.

(50) Nossack, *Der Untergang*, p. 245. 邦訳350頁

(51) *Odyssee*, XXII, 471–73. ホメロス『オデュッセイア（下）』（松平千秋訳，岩波文庫，274頁）.

(52) Nossack, *Der Untergang*, p. 245. 邦訳350頁

(53)　Kluge, *Neue Geschichten*, p. 9.

(54)　上掲書 p. 83f. この〈言明〉から読み取ることができる結論を突きつめると，ソリー・ズッカーマンが自叙伝 *From Apes to Warlords*（『猿から将軍へ』1978年，ロンドン）で公表した理論になる．ズッカーマン卿は大戦中，イギリス政府の空爆戦略に関する学術顧問を務め，爆撃司令部総司令官ハリス（通称〈爆撃屋ハリス〉）が〈オーバーロード作戦〉と称しておこなった全面爆撃を阻止しようと多大な努力を払った．ズッカーマンの提案した対案は，敵国の伝達システムを選択的に破壊する戦略で，卿は戦争を早く，しかも少ない犠牲者で終結させるのはこの方法であると確信していた．ちなみにこれはシュペーアが回想録で述べている考えと一致する．ズッカーマン卿の記述を以下に引用する．「いまわかるように，第二次大戦中にヨーロッパの諸都市が蒙った百倍の激しさで爆撃しても，1964年から73年に対米戦争をおこなったベトナムの人々の心は一瞬たりとも挫けなかった．この9年間に700万トンの爆弾が南ベトナム（半分はこの国），ラオス，カンボジアに落とされた．イギリス，アメリカ，ドイツの爆弾が第二次大戦中にヨーロッパ全土に落とした爆弾のじつに3倍である」（『猿から将軍へ』148頁）．絨毯爆撃が客観的にみて無意味だったという卿の説は正当だろう．ズッカーマン卿は，戦後ドイツの諸都市で空爆の影響をわが目で確かめたあと，《ホライズン》誌の発行者シリル・コナリーに「破壊の博物誌」という題名で報告を書くと約束したが，実現をみなかったのは残念である．

(55)　Kluge, *Neue Geschichten*, p. 35.

(56)　上掲書 p. 37.

(57)　上掲書 p. 39.

(58)　上掲書 p. 49.

(59)　上掲書 p. 53.

(60)　これについては Robert Wolfgang Schnel のテクスト *Wuppertal 1945* を参照．In: *Vaterland, Muttersprache - Deutsche Schriftsteller und ihr Staat seit 1945*, hg. von K. Wagenbach, W. Stephan und M. Krüger（Berlin, 1979）, p. 29f., 本書と同じ脈絡でブレヒトのこの言葉が引用されている．

(61)　Stanislaw Lem, *Imaginäre Größe*（Frankfurt, 1981）, p. 74 参照．スタニスワフ・レム『虚数』（長谷見一雄・西成彦・沼野充義訳，国書刊行会）．

(62)　Kluge, 前掲書 p. 59.

(63)　上掲書 p. 63.

(64)　上掲書 p. 69.

(65)　上掲書 p. 79.

(66) Nossack, *Interview mit dem Tode*, p. 121.「死神とのインタヴュー」『死神とのインタヴュー』179 頁.

(67) Andrew Bowie, *Problems of Historical Understanding in the Modern Novel*. Diss. masch.（Norwich, 1979）参照. きわめてすぐれた論考で, 最終章ではクルーゲが扱われている.

(68) Kluge, 前掲書 p. 38.

(69) 上掲書 p. 54.

(70) Bowie, 前掲書 p. 295f.

(71) Kluge, 前掲書 p. 106.

哀悼の構築——ギュンター・グラスとヴォルフガング・ヒルデスハイマー

(1) Alexander und Margarete Mitscherlich, *Die Unfähigkeit zu trauern*（München, 1967）, p. 9. A. & M. ミッチャーリッヒ『喪われた悲哀—ファシズムの精神構造』（林峻一郎・馬場謙一訳, 河出書房新社, 9 頁）

(2) モーゲンソウ計画（訳注・アメリカの政治家モーゲンソウが提唱したドイツの戦後処理案. ドイツを非工業化し, 農業国に戻すべきとした）のようにもしもドイツがほぼ全面的に解体・非工業化されていたとすれば, 戦後の再建はおぼつかなかった. そうなっていればロバート・バートンが描き出した以下の憂鬱な国家像「土地が耕されず, 荒れ果て, 沼地や湿地や荒地ばかりであり, 都市は荒廃し, 村は疲弊し貧しく, 住民は汚く醜く文明化されていない」がドイツに当てはまっていたことだろう（引用は W. Lepenies, *Melancholie und Gesellschaft*, Frankfurt, 1969, p. 26. による）.

(3) Mitscherlich, 前掲書 p. 35. 邦訳 34 頁.

(4) Hans Erich Nossack, *Pseudoautobiographische Glossen*（Frankfurt, 1971）.

(5) Hans Erich Nossack, *Der Untergang*. In: *Interview mit dem Tode*（Frankfurt, 1972）, p. 249. ハンス・エーリヒ・ノサック「滅亡」『死神とのインタヴュー』（神品芳夫訳, 岩波文庫, 1987 年, 邦訳 356 頁）.

(6) William Shakespeare, *Hamlet*, I, ii. シェイクスピア『新訳 ハムレット』（河合祥一郎訳, 角川文庫, 2008 年, 21 頁）.

(7) Mitscherlich, 前掲書 p. 47. 邦訳 47 頁.

(8) 上掲書 p. 48. 邦訳 48 頁.

(9) 上掲書 p. 56. 邦訳 57 頁.

(10) 上掲書 p. 57. 邦訳 57 頁.

(11) 上掲書 p. 28. 邦訳 28 頁.

(12) Heinrich Böll, *Frankfurter Vorlesungen*（München, 1968）, p. 8.

(13) Mitscherlich, 前掲書 p. 9. 邦訳 9 頁.

(14)　上掲書 p. 19. 邦訳 19 頁
(15)　上掲書 p. 18. 邦訳 18 頁
(16)　Günter Grass, *Tagebuch einer Schnecke*, Reinbek, 1974, p. 80. ギュンター・グラス『蝸牛の日記から』(高本研一訳，集英社，1976 年，121 頁).
(17)　上掲書 p. 27. 邦訳 37 頁．エルヴィン・リヒテンシュタインの研究書が出版されたのは結局 1974 年になってからだった．リヒテンシュタインはその前書きで，グラスがその近著で「私から得た報告や情報，さらに多数の事実資料」にもとづいて書いている，としている．また「『蝸牛の日記から』の読者は，グラスのこの著書において，ダンツィヒ・ユダヤ人の歴史の最後期を描いた章のなかに私の情報が記述されているのを見つけるだろう」とつづける（E. Lichtenstein, *Die Juden der freien Stadt Danzig unter der Herrschaft des Nationalsozialismus*, Tübingen, 1973, p. VIII）．ユダヤ人共同体の運命についての地域的研究がドイツ側にはなかったこと，および「キリスト教徒はユダヤ研究をないがしろにしてきた」というかつてのジャン・パウルの嘆きからほとんど事態が変わっていないことの明白な一例である．
(18)　Günter Grass, *Katz und Maus*, Reinbek 1963, p. 35. ギュンター・グラス『猫と鼠』(高本研一訳，集英社，1968 年，53 頁).
(19)　*Rede auf Hermann Broch*. In: Elias Canetti, Aufzeichnungen 1942–1948（München, 1969), p. 159f. 参照．エリアス・カネッティ『断想― 1942–1948』(岩田 行一訳，法政大学出版局，253 頁).
(20)　Grass, *Tagebuch einer Schnecke*, p. 153. 邦訳 245 頁
(21)　Walter Benjamin, *Ursprung des deutschen Trauerspiels*（Frankfurt, 1963), p. 166. ヴァルター・ベンヤミン『ドイツ悲劇の根源』(川村二郎・三城満禧訳，法政大学出版局，1975 年，180 頁).
(22)　Grass, 前掲書 p. 155. 邦訳 248 頁．
(23)　Mitscherlich, 前掲書 p. 81. 邦訳 84 頁．
(24)　Heinrich Böll, *Der Zug war pünktlich*（München, 1972), p. 34. ハインリヒ・ベル『汽車は遅れなかった』(桜井正寅訳，三笠書房，1974 年，52 頁).
(25)　Grass, 前掲書 p. 69. 邦訳 104 頁．
(26)　上掲書 p. 70. 邦訳 104 頁．
(27)　上掲書 p. 37. 邦訳 53 頁．
(28)　これについては，『蝸牛の日記から』でグラスは子どもたちに次のように語る．「その通り，お前たちに罪はない．私もとにかく中途半端に遅れて生まれたので，罪はないとみなされている．事態が徐々にそうなっていったのを，もし私が忘れようとし，お前たちが知ろうとしない

ならば，その時だけ，罪と恥という単音節の言葉に私たちは追いつかれてしまうだろう．彼ら，二匹の疲れを知らぬ蝸牛も，止めることはできない」(p. 13. 邦訳 14 頁)．このくだりで注目すべきは，あまり説得力がある論理とはいえない最後の 2 行である．

(29) Grass, 前掲書，p. 130. 邦訳 205 頁.

(30) 上掲書 p. 189. 邦訳 303 頁.

(31) 上掲書 p. 203. 邦訳 326 頁.

(32) Wolfgang Hildesheimer, *Tynset* (Frankfurt, 1965), p. 30. ヴォルフガング・ヒルデスハイマー『眠られぬ夜の旅——テュンセット』(柏原兵三訳，筑摩書房，1969 年，24 頁).

(33) 上掲書 p. 39. 邦訳 33 頁.

(34) 上掲書 p. 46. 邦訳 40 頁.

(35) 上掲書，p. 155f. 邦訳 140 頁.

(36) *Hamlet,* I, i. 邦訳 16 頁.

(37) Franz Kafka, *Briefe an Felice* (Frankfurt, 1967), p. 283. 参照 フランツ・カフカ『カフカ全集 10』(城山良彦訳，新潮社)

(38) F. P. Wilson, *17th Century Prose* (Cambridge, 1960), p. 45 参照

(39) 上掲書 p. 27.

(40) Sir Thomas Browne, *Hydriotaphia, Urne-Buriall or A Brief Discourse of the Sepulchrall Urnes lately found in Norfolk* (London, 1658). In: *The Prose of Sir Thomas Browne* (New York/London, 1968), p. 281. サー・トマス・ブラウン『医師の信仰・壺葬論』(生田省悟・宮本正秀訳，松柏社，1998 年，285 頁).

(41) Hildesheimer, 前掲書 p. 185. 邦訳 167 頁.

(42) Benjamin, 前掲書 p. 164 参照，邦訳 178 頁.

(43) *Hamlet,* IV, v. 参照，邦訳 167 頁.

(44) Hildesheimer, 前掲書 p. 87. 邦訳 77 頁.

(45) Theodor W. Adorno, *Ästhetische Theorie* (Frankfurt, 1970), p. 66. テオドール・アドルノ『美の理論』(大久保健治訳，河出書房新社，1985 年，70 頁).

(46) Hildesheimer, 前掲書 p. 186. 邦訳 168 頁.

(47) 上掲書 p. 79. 邦訳 70 頁.

(48) *Hamlet,* I, v. 邦訳 46 頁.

(49) Hildesheimer, 前掲書 p. 265. 邦訳 242 頁.

(50) 上掲書 p. 14. 邦訳 9 頁.

(51) Wolfgang Hildesheimer, *Brief an Max über den Stand der Dinge und Anderes.* In: Manuskripte. *Zeitschrift für Literatur 76* (1982), p. 44.

(52) *Lucifers Königreich und Seelengejäidt: Oder Narrenhatz. In acht Theil abgetheilt... Durch Aegidium Albertinum, Fürstl.: Durchl: in Bayrn Secretarium, zusammen getragen* (München, 1617), p. 411. (Benjamin, 前掲書より引用 p. 156. 邦訳 171 頁)

出典

散文　Prosa

アジャクシオ短訪（Kleine Exkursion nach Ajaccio）

In: *Frankfurter Allgemeine Zeitung*, 10. 8. 1996. 本書掲載のものは元の原稿による.

カンポ・サント
聖苑（Campo Santo）

遺稿，未発表.

海上のアルプス（Die Alpen im Meer）

初出時タイトル：Die Alpen im Meer. Ein Reisebild（「海上のアルプス――旅の絵」）

In: *Literaturen* 1（2001）, pp. 30–33.

ラ・クール・ドゥ・ランシアエンヌ・エコール
かつての学舎の庭（La cour de l'ancienne école）

In: Quint Buchholz, BuchBilderBuch. Geschichten zu Bildern.（クヴィント・ブーフホルツ『本|絵|本――絵につけたお話』）Zürich 1997, pp. 13–15.

エッセイ　Essays

異質・統合・危機――ペーター・ハントケの戯曲『カスパー』（Fremdheit, Integration und Krise. Über Peter Handkes Stück Kaspar）

In: *Literatur und Kritik* 10（1975）, 93, pp. 152–158.

歴史と博物誌のあいだ――壊滅の文学的描写について（Zwischen Geschichte und Naturgeschichte. Über die literarische Beschreibung totaler Zerstörung）

初出時タイトル：Zwischen Geschichte und Naturgeschichte. Versuch über die literarische Beschreibung totaler Zerstörung mit Anmerkungen zu Kasack, Nossack und Kluge（歴史と博物誌のあいだ――壊滅の文学的描写についての試論　カザック，ノサック，クルーゲへの覚書をつけて）

In: *Orbis litterarum* 37（1982）, 4, pp. 345–366.

哀悼の構築――ギュンター・グラスとヴォルフガング・ヒルデスハイマー（Konstruktionen der Trauer. Günter Grass und Wolfgang Hildesheimer）

初出時タイトル：Konstruktionen der Trauer. Zu Günter Grass ›Tagebuch einer Schnecke‹ und Wolfgang Hildesheimer ›Tynset‹.（哀悼の構築――ギュンター・グラス『蝸牛の日記』とヴォルフガング・ヒルデスハイマー『テュンセット』によせて）

In: *Deutschunterricht* 35（1983）, 5, pp. 32–46.

小兎の子，ちい兎――詩人エルンスト・ヘルベックのトーテム動物（Des Häschens Kind, der kleine Has. Über das Totemtier des Lyrikers Ernst Herbeck）

In: *Frankfurter Allgemeine Zeitung*, 8. 12. 1992.

スイス経由，女郎屋へ――カフカの旅日記によせて（Via Schweiz ins Bordell. Zu den Reisetagebüchern Kafkas.）

In: *Die Weltwoche*, 5. 10. 1995, p. 66.

夢のテクスチュア――ナボコフについての短い覚書（Traumtexturen. Kleine Anmerkung zu Nabokov）

初出時タイトル：Traumtexturen.（夢のテクスチュア）

In: du. *Die Zeitschrift der Kultur* 6（1996）, pp. 22–25.

映画館のカフカ（Kafka im Kino）

初出時タイトル：Kafka im Kino. Nicht nur, aber auch: Über ein Buch von Hans Zischler.（映画館のカフカ――ただそれだけでなく　ハンス・ツィシュラーの著作について）

In: *Frankfurter Rundschau*, 18. 1. 1997.

初出は縮約のうえ掲載された．本書掲載のものは元の原稿による．

Scomber scombrus または大西洋鯖――ヤン・ペーター・トリップの絵画によせて（*Scomber scombrus* oder die gemeine Makrele. Zu Bildern von Jan Peter Tripp）

In: *Neue Zürcher Zeitung*, 23./24. 9. 2000.

赤茶色の毛皮のなぞ――ブルース・チャトウィンへの接近（Das Geheimnis des rotbraunen Fells. Annäherung an Bruce Chatwin）

初出時タイトル：Das Geheimnis des rotbraunen Fells. Annäherung an Bruce Chatwin aus Anlass von Nicholas Shakespeares Biographie.（赤

茶色の毛皮のなぞ——ブルース・チャトウィンへの接近　ニコラス・シェイクスピアによる伝記をきっかけに）
In: *Literaturen* 11（2000）, pp. 72–5. 本書掲載のものは元の原稿による.

楽興の時（モメンツ・ムジコー）**（Moments musicaux）**
初出時タイトル：Da steigen sie schon an Bord und heben zu spielen an und zu singen. Moments musicaux: Über die Schrecken des Holzschuhtanzes, den Falschsinger Adam Herz und die Bellini-Begeisterung in einem anderen Urwald.（彼らははや乗りこみ，演奏し，歌いはじめる．楽興の時——シュープラットラーの恐怖，音痴のアダム・ヘルツ，別の原始林におけるベルリーニ熱について）
In: *Frankfurter Allgemeine Zeitung*, 7. 7. 2001.

回復のこころみ（Ein Versuch der Restitution）
初出時タイトル：Zerstreute Reminiszenzen. Gedanken zur Eröffnung eines Stuttgarter Hauses.（ちりぢりの想い出——シュトゥットガルト館開館にあたっての所感）
In: *Stuttgarter Zeitung*, 18. 11. 2001.

ドイツ・アカデミー入会の辞（Antrittsrede vor dem Kollegium der Deutschen Akademie）
In: Wie sie sich selber sehen. Antrittsreden der Mitglieder vor dem Kollegium der Deutschen Akademie. Mit einem Essay von Hans-Martin Gauger. Herausgegeben von Michael Assmann. Göttingen 1999, pp. 445–6.

図版
Quint Buchholz, *Die Befragung der Aussicht(III)*, 1989.
クヴィント・ブーフホルツ《眺めへの尋問（III）》
紙にペン，水彩

Jan Peter Tripp, *Das ungeschriebene Gebot*, 1996.
ヤン・ペーター・トリップ《不文律》
紙・木にアクリル　直径 90 cm

Jan Peter Tripp, *Endspiel*, 1999.
ヤン・ペーター・トリップ《ゲームの終盤》
キャンバス・木にアクリル　50×50 cm